醉人的那片天

刘一骄 著

黄河出版传媒集团
阳光出版社

图书在版编目（CIP）数据

醉人的那片天 / 刘一骄著. -- 银川：阳光出版社，2021.9
ISBN 978-7-5525-6077-0

Ⅰ. ①醉… Ⅱ. ①刘… Ⅲ. ①散文集－中国－当代 Ⅳ. ①I267

中国版本图书馆CIP数据核字(2021)第183144号

醉人的那片天　刘一骄 著

责任编辑　陈建琼
封面设计　圣立文化
责任印制　岳建宁

黄河出版传媒集团
阳光出版社　出版发行

出 版 人　薛文斌
地　　址　宁夏银川市北京东路139号出版大厦（750001）
网　　址　http://www.ygchbs.com
网上书店　http://shop129132959.taobao.com
电子信箱　yangguangchubanshe@163.com
邮购电话　0951-5047283
经　　销　全国新华书店
印刷装订　四川立杨彩色印务有限公司
印刷委托书号　（宁）0021787

开　　本　880 mm × 1230 mm　1/32
印　　张　5.5
字　　数　120千字
版　　次　2021年9月第1版
印　　次　2021年9月第1次印刷
书　　号　ISBN 978-7-5525-6077-0
定　　价　39.00元

序言——

时间的流逝与变化充满了无限空间中每一个细微处。怎样在这条奔腾的河流中取一瓢静水，封存在回忆的瓶中呢？在成长过程中，如果有时想驻足于当下，回头看看自己走过的历程，作文集会是一个良好的记忆载体。我已经高中毕业，在即将进入大学的这个暑假，回过头来看一看高中时写下的作文，确实又有了许多新的发现。

高二以后，学校作文的训练由记叙文变成了议论文，写作的重点在于锻炼同学们的思辨能力。于是，高中阶段的作文以议论文为主，其中也有不多的其他类型的文章，保持了作文的多样性，权当是生活中的调味。

一群未成年的高中生，老师会让他们的议论文写作围绕什么样的话题展开呢？出题老师会关注哪些热点问题，进而考查这群高中生的思想认识与写作技巧呢？高中生又会以怎样的方式展现自己心中的那片天地呢？

天空往往是清远而淡漠的，但不经意间造化的泼墨与渲染足以让人沉醉。愿本书能撑开那片广袤天空中狭窄的一隅，透下几缕醉人的光。

刘一骄

2020年8月1日

目录

上篇 万象之美

中篇 时事之思

下篇 人生之道

上篇

万象之美

醉人的那片天

丝绸质地的流云，无心地飘游在澄澈无瑕的深邃苍穹之中，从容淡定。慵懒的阳光，从天空的各个角落透出来：或从云缝里溜出，或从毫无遮拦的天幕里透出，照亮了溢满天空的一池蔚蓝清水……

这便是布莱顿的天空最动人时的情态了，纯净悠然，不着俗气，一见即惊，诚然是一幅细腻典雅的油画。但也别被它的表象迷住，这里的天气可是十分喜欢与人们开玩笑的。光是坐在刚出机场的大巴上，天气就变了三番，天空也就经历了白、雨、蓝、白的四个阶段。前一分钟方还蓝到透明的天，下一分钟顿时就拉下脸，以一种苍白的神色对着下边的生灵。不多时，淅淅沥沥的雨点就降临了。同为夏雨的它，并不像成都的夏雨那么歇斯底里，它是温柔的。它匆匆来到人间，只溜达几圈，就匆匆回到它的家乡去了。顷刻间，又露出了不见一丝纤尘的天空。

早就听闻英国天气变化多端，今亲眼所见，更觉妙不可言，甚至到了“扑朔迷离”的境地。方在手机上晒出了此地的风土人情，只一会儿，就又送出了几张朦胧的雨景。片刻间，视线还没来得及从手机上挪开，雨就戛然而止了，空留下我盯着车窗上的积水蜿蜒扭曲着慢慢爬到窗底。这是一种迥然不同的感受，虽说成都也是座阴雨绵绵的城市，天气的转变自然也少不了，但实在是没有这儿转变得这么随性，无所束缚，上天似乎只是拧开水龙头洗了洗手。想下雨就下雨，想放点光，就把云拨散，打点儿光下来。我常告诉自己要顺其自然，如此自然会醉心在生活之中。以往苦苦寻觅的这种境界，却因为各种各样的干扰而无法实现。这里的天气活泼又灵动，随性而洒脱，出人意料地，异国的雨竟让我发现了它的踪迹，怎不令人沉醉？

前往英国，初始的目的就是游学，走出国门，眼界会更加开阔，精神世界会更加丰富。从小住在成都，众口相传的“安逸”本当为最直接的感受。但这天府之国流传至今的“安逸”却不曾让这长期以来紧紧绷着的内心松缓几分。没想到，身在与成都隔着千山万水的大不列颠，心灵才得到了真正的释放——既没有零零散散的琐事让人忧心，也能够忘我地醉心在这里的异国风情里。

最主要的活动区域，是位于布莱顿的赫斯特学校。一眼望去，学校的建筑颇有些淳朴的味道。雄壮的身躯，表面嵌满的灰白石子使它充满粗犷的气息。但它们身披的或是朱红、或是青蓝的阔大屋顶，气度不凡。乳白色边框的哥特式长窗给它增添了些许贵族气息。也许是由于身在欧洲，中世纪的骑士形象总会出现在我的脑海里，孔武有力，又风度翩翩。随处可见的绿茵，与似是随意栽培的花草，更让这气息浓郁了许多，置身其中，常会有种身在御花园的感觉，走到偏僻处，它们就成了你一个人的风景。宿舍将教学楼片区簇拥在正中间，其中纵横着好些被绿色包围着的小径，以及大片大片的运动场，常会觉得，我不是在学校，而在度假村度假——这本来就是一片自在的天地，供你在里面随心所欲地上蹿下跳。放心，没人会笑话你。

学校的老师，是除了朋友以外我每天见得最多的人。

劳伦斯，是一位极健谈的老师，也是一位极爱笑的老师，更是一位常常让我咂舌的老师。每当我看到他，心情都会不由自主地欢快起来，不知道又要发生什么令人惊奇的事情了。除了在同学们合作的时间，整节课他一直说个不停，还时常在教室前面手舞足蹈，带着极为丰富的表情。最夸张的是给我们演示“僵尸的死亡”，他直接唰——的一下旁若无人地倒在地上——颠覆了我对老师一贯的印象，伴着奇异的动作发出奇异的声音，看得我目瞪口呆，怕是离喜剧演员也相差不远了。下课后，他还时常和我交谈，一路走一路说，源源不断的话题奔涌而来，甚至聊到了自己的亲戚，没有丝毫的“内外”之分。令我印象最为深刻的一节课，是我们吃了整节课的饼干，当然，是正宗的英国饼干。品尝着不同的饼干，我们对它们作出六个方面的评估，还配上自己“精美”的写生。而劳伦斯就忙着给我们介绍各种奇特的饼干，笑着看着我们，似乎他自己也得到极大的满足了。

而另一位活动课老师亚历克斯，与劳伦斯是截然不同的两种性格。他们一个如同火山，一个如同冰山，虽风格迥异，却相辅相成。亚历克斯是典型的冷幽默型老师。上课时，他只是静静坐在黑板旁讲桌后的凳子上，带着一丝浅笑饶有兴致地看着我们，深邃的眼神似乎随时都能将我们剖析个透。他是个遇事冷静而淡定的人，走路从容悠闲，像是沉浸在自己的世界中自得其乐。看到他，我的头脑会自动清明起来。他的话比劳伦斯少了很多，但每一句话都恰到好处。他不时用淡淡的声音吐出的一两句话，总会引得我们会心一笑，甚至拍案叫绝。每当我们一组一组地“开发”着我们的“大作”——或是演讲稿，或是设计图，他在一旁走来走去地观看，毫无防备地，我们就被他诙谐的语言击中，我们的“大作”似乎也因为他的点评有了别样的风味。

而另一位音乐活动课老师，更是令人佩服得五体投地。这位老师大概已经四五十岁了，头发也有些花白，但是眼神无时无刻不焕发出活力。还记得上他的第一节课时，教室的座位坐得满满当当，但除了一个近似疯狂的某国学生上台表演了许多次，没有一个人主动。无论俄罗斯、法国，还是坐成一团、形成了一个“中国角”的中国人，面对老师的热情都无动于衷。老师多次语言鼓动无果，只好一次又一次拿起吉他，放着YouTube上的视频对着话筒“自嗨”，活力满满的声浪在教室里的每一个角落回荡。老师站在台上，面对着台下那一双双惊奇的眼睛，声音高昂，随心而动，洒脱得就如同在自己的演唱会上一般激情四射。甚至，他还秀了一手架子鼓，秀了一手好钢琴，在陶醉于演奏的同时，他满怀期待的眼神还从众人脸上掠过。每每拿起话筒开始唱歌，他的热情会将每一个人感染，令每一个人沉醉其中。渐渐地，大家心中的防备被这股热情融化了，越来越多的人站出来展现自己，忘我地在这澎湃的音乐中表演。

想起刚到学校时，有项小活动是舞蹈表演。别国的带队老师见我们几个扭扭捏捏，便冲我们大喊：“你可是在英国！”不错，英国迥然不同的天地酿出了这一樽香醇柔润的酒。推杯换盏，觥筹交错，使人能静心沉醉在童话般的世外桃源里。

这里的天气，任心而动，随意而行，极尽灵动之态，正如这里的老师，外向与内敛并存，亲切与幽默同在，令人无法忘怀，“终不可喧兮”。“终不可喧兮”的，还有故乡的老师，故乡的课堂。我们的课堂井然有序，我们的老师为人师表，他们虽戒尺高悬，却心如明镜，传道授业，始终不易。“夫子循循然善诱人”，正是老师们最好的写照。泱泱华夏的广袤土地，孕育出了宏伟的中华文化，千秋万代的血脉传承，铸就了我们与西方迥然不同的魂灵。中西方文化的差异虽然不可避免，但老师们传授的知识，老师们授予我们的智慧，却浑然一体，终将熠熠生辉。

抬头远望，天，远近不同，却都是同样醉人的那片天。

雨中的伯顿

常听闻“英国的灵魂在乡村”，未至伯顿，我不曾体会到这句话所深藏的无限风情。

大巴一路疾驰，驶入这座水上小镇时，天空早已飘起了蒙蒙细雨。在人们的印象中，英国的天空总是灰蒙蒙的。宁静典雅的景致总需要灰暗的背景，方能衬出其光彩照人。伯顿，就朦胧在了这飘扬的雨雾里。

这是一个天外世界。结束了长途的车程，我从狭小的金属铁盒里挣脱而出，周遭的一切都让人产生梦境一般的奇异幻觉。一个人焦灼而躁动的心灵，能够在这宁静而虚幻的，如同童话故事一般的世界里，找到属于自己的安定。

雨中的伯顿是一幅脱俗的油画，一条温柔的河流把整个城镇画成了一个镜中世界。流水在雨丝的轻抚下泛起韵律的波涛，天光被揉碎后铺洒在这曲优雅的乐章上。每一片粼粼的波光，都是跃动在这乐章上的一个个音符。它们跳动着，旋转着，层层叠叠地起伏着。从远处一路悠然吟唱，自在地荡向未知的远方。细雨不止，音乐不终，它们是天上漏下的诸神之欢愉，它们是洗涤灵魂的乐音。

河水墨绿，那是自然的深沉。夹岸的绿茵青翠，那是自然的生机，这片绿油油的景致是这幅图画中最亮眼的色彩。世外常常生有精灵，此地也并不例外。绿鸭与白鹅是这片天地的宠儿。它们能悠哉地偎着身旁的绿草，尽情地享受自然的沐浴，也能徜徉在温和的流水之中，划破一道长长的水涛。这里没有人的嘈杂，没有俗世的喧嚣，只有一片安静与祥和，触动着凡人虚伪的内心。

道旁伫立的是低矮的建筑，相伴的是恬静的树木。一株株优雅的绿树，安然地在河边揽镜自照，看着自己的影子在晃动中破碎。沿河缓行，绿茵上的长椅空寂，雨丝潇洒，我却没有一坐的想法。厚重的石屋稳立道旁，一幢幢欧洲的小屋，披着淡雅而澄净的米色，与对岸的老友在雨中对望着，朦胧中融为了一体。这里诚然热闹，但这里空荡荡的，什么也没有。细雨蒙蒙下，所有的一切都变得极不真实。撑伞而行，擦肩而过，你看不清来者的面容。雨在空中飘洒，给每一处景致都蒙上了一层薄纱。

沉睡的心灵开始渐渐复苏，清冷的空气唤醒每一个感官。这一切只是镜花水月吗？在雨的洗礼下，人的灵魂慢慢地沉淀，所有妄念都消失殆尽，灵魂与肉体开始慢慢地合二为一。行在这茫茫的雨海中，游弋在这华丽的梦境里，逐渐生起几分梦蝶之伤。丝绸般的雨丝划过脸颊，抬头看天色逐渐暗淡，这时我才恍然发现，雨中的世界，竟是最真实的世界。

“什么是真实？你看到什么，听到什么，做什么，和谁在一起，要有一种从心灵深处漫溢出的，不懊悔也不羞耻的平和与喜悦。”犹抱琵琶半遮面，豪华落尽见真淳。当微风乍起，细雨氤氲，天地暗淡，万物失色，我独自穿行在伯顿的石道上，独自享受心灵片刻的安宁。

扔下雨伞，岂非快事一件。

茶文化小镇的“引力”

复杂的自然环境形成了这里多种多样的地形，一望无垠、土壤富庶的平原只是这片广袤土地的一隅。无数的人生活在高原上、大漠上，在高度现代化与城市化之外，在层峦叠翠的山区中苦心经营着自己的生活。

四川省达州万源市位于川渝陕三省交界处，属于典型的山区农业市。在市区登高眺望，苍翠的山峰连绵耸立，鳞次栉比的建筑仅为零星点缀隐藏其中。向城区外东行30公里，便到了八台镇。位于秦岭之南的八台山，赋予了生活于此的人们得天独厚的机遇和变化多端的生存挑战。他们就在这片幽深中与自然争夺造化之机。

位于滑坡地带的土坯房，是这里的居民原本的定居地。

喜怒无常的天气、摇摇欲坠的房屋，成为他们最基本的生活保障。靠山吃山，靠水吃水，他们仰日月之鼻息，观流云之端倪，日出而作，日入而息，凿井而饮，耕田而食，与自然融为一体，泽被于天地的恩惠。然而自然并不时刻以慈悲面目对待世人，风雨阴晴的无常流转，土地物产的盈亏无度，驱使着家人间的分离。于是总有人辞乡远去，在外打工，精打细算着把积蓄寄回千里之外的家乡。

邓余勇就是这样的打工者。他正值壮年，皮肤黝黑，四肢健硕，两臂的肌肉线条仿佛将要爆炸一般，是干活的一把好手。作为家中的主要劳动力，他长期与妻子两地分居，少有回家的机会，与其他人一同乘着春运的大潮返乡团聚是他每年的期盼。

2014年的大年三十，邓余勇结束了一年的忙碌，在稍感轻松之余回到了八台山。从公路边到山上的土坯房家里，有足足一个小时的路程。邓余勇健步如飞，心中盘算着一个宏大的计划——他要给家人在山下买一套新房。经过多年的省吃俭用，自己终于能告别山上破烂的土坯房，不用再忧心于滑坡的威胁，能到交通更便捷的地方稳定地生活。

然而，天有不测风云，人事古难全。就在大年初一，邓余勇打了三个喷嚏后就突然昏迷，不省人事。妻子见他向来身强力健，以为只不过偶染风寒，便让哥哥出门讨些感冒药。谁知，邓余勇苏醒之后，右腿一阵麻木，言语不清，行走不便，连吃了几天感冒药也丝毫不见好转，一家人这才赶忙把这一百七八十斤的大汉送往重庆医院诊断救治。原来，由于血液的黏稠度高，加之喷嚏的诱导，他不幸患上了脑梗。

邓余勇瘫痪了两年。两年内，他的血汗积蓄因为治疗而消耗殆尽，买房的计划也沦为泡影。家中的经济支柱轰然倒塌，不得已的欠债更让本就贫苦的家庭雪上加霜。他感到绝望。瘫痪的身体能够随着时间逐渐好转，沉重的负担并不能随着时间逐渐减轻。一妻两子，上有长辈，全家人该何去何从？

如今谈起当年的遭遇，邓余勇宽厚的脸上恍惚间有些后怕，而更多的是如获新生的平静。我们见到他，是在八台山脚下的一间小卖部里。他坐在小卖部的柜台后和我们交谈着，不时走过的两个孩子让我们眼前一亮。他实现了自己购置新房的愿望，独自经营一家小卖部，一年零售所得三万元的纯利润足以支撑生活。当我们询问他，下山开始新的生活后还有什么困难，他的回答是心满意足。

邓余勇的小卖部，坐落于八台山下的茶文化小镇。小镇原本是万源市易地扶贫搬迁工程安置点，是一片规划好的区域，给八台山上46户贫困户提供住房和工作。像镇里的其他住房一样，邓余勇开小卖部的房屋受益于政策优惠，享受购房补贴，他是这项扶贫工程的帮扶对象。2018年，万源市政府同意将这个原本的易地搬迁安置点打造为特色茶文化小镇，凭借当地的风景名胜等资源走文旅产业扶贫的道路，以期带动经济的长远发展。

若非清楚来意，或是家家户户门前铁牌上“因何事致贫”的注明，单从外貌，很难想象小镇曾经和“贫困”二字有何关联，它充满了旅游古镇的韵味。小镇空间十分开阔，街道宽敞，足以容纳十人并行，与房屋交错贯穿镇中。地面铺满灰白的路砖，亦有鹅卵石制成的点缀，平坦与起伏并存之间，规律地镶嵌着茶叶文化的石牌，以向往来的人们介绍。一路前行，人工开凿的小溪随着人们的步伐流淌，营造出动静结合的意境。夹道而起的是庞大的仿古建筑，两层高的洁白墙面承载着镂空的木质护栏，青瓦包裹着欹斜的屋面，沿耸立的飞檐暂腾而上。白墙上绘着古色古香的装饰画，门户旁悬着镌刻着茶意的对联，在二胡婉转的背景音乐中给人长久的愉悦。站在仿古戏台上，只一远眺就能看到远处青山连绵。此地亦如万源市区，四面青山绿树包裹，但身在八台山脚下，才更能体会到自然的神韵。丘陵苍翠，绵延起伏，道旁整齐的行道树只得沦为陪衬。

小镇主打文旅产业，亦种植茶叶，劳动力大多是下山的居民。他们就住在仿古的中式建筑里，过上了崭新的生活。镇中安宁和谐，老人们笑着在屋门外围坐着吆喝打牌，小孩们在路边自在地转着呼啦圈。在一排民居的对面，有一片碧绿的草坪，滑梯、旋转木马等游乐设施陈列其上，正是一个儿童乐园。负责看管这个儿童乐园的，是一个名叫刘侍美的青年妇女。

刘侍美像邓余勇一样，多年前住在山上的土坯房里，居住条件十分恶劣。2015年，她的房子终于没能经受住自然的摧折，倒塌了。失去了房屋的庇佑，也没有能力建造新的住房，她只好住在丈夫哥哥的家里。她的丈夫打工在外，远离家乡，孤身一人去了石家庄，而她自己则从事着传统农业，依靠种植农作物来维持生活。

然而房屋倒塌并不完全是她成为贫困户的原因。在小镇修建之前，家中的两个孩子，一个七岁，一个六岁，都到了上小学的年纪。最小的孩子刚刚出生，又有大笔奶粉开销，家里绵薄的收入很快负担不起三个子女的需求。生命的火种需要延续，而知识的智慧同样不可或缺，孩子们上学带来的经济压力最大，她家是“因学致贫”。

易地扶贫搬迁工程实施后，刘侍美在八台镇购得了一套新房，终于有了属于自己的新家。这得益于政府的补贴政策，她不用缴纳大量房款，自己掏钱装修即可。家中空调、彩电、冰箱一应俱全，地面瓷砖光洁如镜，沙发舒适，天花板上的装饰别具一格，俨然成为了小康之家。现在，她可以完全满足儿女们买书本的需要了。刘侍美上班也十分便捷，她的家就在儿童乐园对面，每天，她看管着儿童乐园，在家中抚养最小的孩子，每月有2000元的收入。搬迁后，丈夫成为了护林员，两人合力，足以应付一年两万元的开支。

无论是经营小卖部、看管儿童乐园，还是做护林员，抑或在外打工，都不是小镇居民经济收入的主要来源。大巴山茶文化小镇，顾名思义，当地经济发展的主要驱动力就是茶业。在万源市石窝镇内一处古老的摩崖石刻上，篆刻的《紫云坪植茗灵园记》记载，此地早在唐宋年间就开始种茶，具有悠久的历史。“一片叶子带富一方百姓”，今天，当地党委政府充分把握国家政策优势，利用万源土壤富硒、气候适宜、海拔得天独厚的条件，规划了“茶基地+茶文化小镇+‘珍硒万源’公共品牌”的发展模式。

“巴山雀舌”远近闻名。在万源市的白羊、草坝、石塘等乡镇有多个大茶园，仅白羊县一地就有七千亩茶园。2018年，白羊茶山被评为“四川省十大最美茶乡”。刘静是生于斯长于斯的本地人，在成都接受了高等教育。她从小熟知巴山雀舌鼎鼎有名，也知道家乡有一个大茶园。刘静的家中承包了部分茶叶经营，属于蜀韵生态农业开发公司，父母都从事着茶业工作，她男朋友的父亲也是该公司股东。从去年六月开始，她回到家乡，一心一意卖茶叶。

在茶文化小镇，刘静经营着一个门面，负责茶叶的销售工作。同样地，她也享受着政府的优惠政策，五年内不缴纳门铺租金。步入这栋两层楼高的仿古建筑，便能看到她坐在古朴厚重的木茶桌后，背靠一幅高悬的书法作品，操控着电动设备烧水煮茶。在她身旁的白墙前，立着贴墙的高大木架，其上摆满了琳琅满目的各类茶叶。单芽的茶叶是雀舌、竹叶青，一芽一叶的是毛峰，一芽两叶的是毛尖，其中以雀舌最为珍贵，也最为知名。刘静一边泡茶，一边为我们介绍，在镇上这样的环境里工作，颇为怡然自得。

多年前，家人早就让刘静回到家乡，做茶业生意，但她觉得索然无味。今年春节，趁着假期回家帮忙之际，她逐渐找到了兴趣。渐渐地，她下定决心从事茶业。想必安置点改造后的焕然一新，也是促使她回乡工作的重要原因。2019年6月，从她工作开始，直到年末，已有3万元的销售收入。2020年年初虽然受疫情影响，但到了8月，卖茶叶所得的收入仍然有7万元左右。她所属的公司在当地的脱贫攻坚中起到了重要作用，因此被评为“农业产业化经营市级重点龙头产业”。

人与自然的关系是人类社会发展的永恒课题，人们经历了崇拜自然、改造自然、征服自然，到谋求协调发展的转变过程。工业化与城市化的飞速发展让很多人衣食无忧，在加工链的末端尽情享受着自然带来的福祉。倘若我们将目光放到田间地头，目所能及的，是一大群人仍然在和自然殊死搏斗。而原本封闭保守、零星分散的他们，在政策引领下凝成了环环相扣的整体，正全力以赴地走向更好的生活。

巴金寻路

李尧棠独自一人坐在医院的凳子上，面色沉郁而焦虑。

时值民国十四年（1925），战火连绵，天下动荡。李尧棠已经年满二十，遵循古礼，正是弱冠之年。他在今年结束了高中学业，于南京东南大学附中毕业，即将进入大学。彼时，北京大学已名列中国最高学府。年轻的巴金与大多读书人一样，渴望于未名湖畔博学近思，一展鸿鹄之志。

就在六年前，五四运动在北京爆发。青年学生们主导的那场反帝爱国运动，在李尧棠心里留下了深远持久的影响。虽然他远在成都，但五四新文化运动的风潮，裹挟着自由平等、科学民主的新鲜空气，冲进了他年少的头脑里。从那以后，他开始广泛阅读《新青年》等书刊，本就对现实社会充满叛逆情绪的他迸发出了强大的新思想。成长在封建色彩浓厚的家庭中，他愈发渴望进入北京大学，为这股新思潮摇旗呐喊。

今天，身在北京城，李尧棠从未感觉自己离梦想如此之近。曾经千山万水的阻隔化为了一座厚重的校门，与一场对他而言不甚困难的考试。现在，他只要通过最后的体检，就能获得考试资格。他独自一人坐在医院的凳子上，心中充满了希冀，琢磨着眼下的北大考试，描绘着未来的研学图景。

他不由自主地回忆起年少时的求学历程。一个年迈的身影出现在他的脑海，一时众多记忆涌上心头——那是他的祖父，他的长辈，一个封建大家庭的掌管者。他自幼在成都长大，那时清王朝的统治即将倾覆，但逾两千年的封建体系，与根深蒂固的宗法观念扎根于社会的每一个阶层，难以动摇。在家中，有将近二十个长辈，三十多个兄弟姐妹，四五十个男女仆人。世家大族，礼数繁复，等级分明，思想封建。他生于斯长于斯，从小耳濡目染，让他心生厌倦和反感，只想叛逃离开，走出围城。

新旧杂陈，土洋结合的社会下，什么是打开新世界大门的钥匙？他很小就已经领悟，英语是基础，是铸成这把钥匙的模具。十四岁时，他希望到外语补习学校读书，而在他那样被传统理念和意识形态固守的家庭中，一个十四岁的少年想要学英语谈何容易。费尽周折后，他终于得到了祖父的同意。然而入学不过一个月，身体的疾病就逼迫学习的欲望退缩，囿于病痛，他只能含恨退学。

“咳——咳——”坐在医院凳子上等待体检结果的李尧棠突然咳嗽起来，胸中隐隐作痛，仿佛多年前的遗憾和伤痛重演了一般。

好在，凭借自己的聪明才智，李尧棠仍然在英语考试中取得了优异成绩。十六岁，他进入成都外国语专门学校学习，这也是五四运动之后的第一年。他以过人的英语水平，饱读西方的文学和社会科学著作。与此同时，他参与《半月》杂志工作，投身一些社会进步活动，俨然已经有新青年的模样了。曾几何时，自己仍然憧憬那片新的天地，而如今新文化运动的主阵地就在眼前了。

“下一位——李尧棠！”医院的护士手中拿着一份体检报告喊道。

他慢慢站起身，快步朝护士走去。

“您以前得过很严重的病？”护士盯着他问道。

“我小时候身体弱，六年前出过一点问题。”李尧棠心中生出一种预感，强压住想要咳嗽的欲望缓缓回答道。

“一点儿问题？这就是您说的一点儿问题？”护士把手中的报告塞给李尧棠。“您自个儿看看吧。”

…………

那份体检报告上写了什么，巴金已经记不清了。但一年之后，坐在开往巴黎的“昂热号”邮轮上，他仍然能回想起看到体检报告上的文字时悲戚的心情。命途多舛，不幸又降临到他的身上。因为患有肺结核，他没能进入北大的考场。他更加无法预料，在他抵达巴黎，终于开始正式学习不久，家中破产的消息从天外飞来，再一次斩断了他的求学之路。

运命唯所遇，循环不可寻。少年的巴金几乎从未接受系统的大学教育，但仍然有无数光明的道路通向前方。

奶奶的家园

奶奶住在乡下，我们常盼着奶奶到我们家里玩。

成都的条件，无论如何都胜过一个偏僻的乡下小村，住在成都的，也正是一个三世同堂的家族。不论奶奶何时有了闲心决定“出山”走一遭，都能享受着胜似神仙的待遇——儿女多嘛，家中子孙兴旺。在每一家待上三四个月，悠哉悠哉，一年也就这么过去了。虽说宅子不如乡下的宽敞，土地没有乡下的广阔，但总有一群子孙能把她侍候得“服服帖帖”，赖着就行了。

但每当奶奶好不容易来“视察”几天，没过多久，总止不住地想往回跑，让我们笑着要挟她要将她绑在此地。别说各家待上三四个月，住在我家最长的两个月还是汶川大地震留住的。奶奶似乎是苦惯了。奶奶的父亲，年轻时给人房上盖瓦，不小心摔下来没了，那时她仅仅八岁。一路走来，奶奶农活苦活累活重活没少干，到了现在八十多岁的年纪，腿脚也落下了毛病。也许是恋家。人常说老人都有乡土情结，乡下是奶奶的家园，这是她总想待在老家的原因吗？

奶奶在乡下的家园，是我们众多小家上的那个大家，是无穷无尽的翠绿之后那炽热的殷红。

五月，我随父母到遂宁，顺道去看望奶奶。我从未在这个时节回过老家——它既没有重要的节日，也不在寒暑两个假期之内。“奶奶给你捡好了鸡蛋，专门说拿给你吃。你爸就吃鸭蛋，可以治头痛。奶奶这么大年纪，爬一次三楼就要腿疼，还专门去捡鸡蛋，真是……”妈妈对我们说。奶奶在老家三楼养了六只鸡，当鸡冠变得鲜红，就说明要下蛋了，她总会捡好鸡蛋留给这些儿孙，甚至曾孙们。当奶奶还能轻快地和我们一起爬山时，她就已经在老家的三楼上养鸡了；我再小些，她还养了两头猪。如今奶奶腿脚愈发不便，猪没有养了，没想到竟然还是亲力亲为，摆弄着那些活蹦乱跳的动物。

如今是农忙时节，隆盛镇的田野里绿油油的，老房子门前的土地上，也正热闹着。远处绿树合绕，枝丫上生着一个个乒乓球大小的小柚子。近些，红棕的泥土上，一垄一垄，高矮错落，长满了各式各样的农作物，仿佛盖上了一张厚重的绿毯。初夏的农村，果真生机盎然，没想到老家现在仍然种了这么多东西，真是一项“壮举”。

奶奶正坐在门前的篷里和邻里摆着“龙门阵”。这大篷子，是地震时摆在成都避灾用的。现在，奶奶把它放置在路旁，供路人和朋友们歇息用。奶奶的精神一如既往的饱满，谈笑间也颇能见得几分“叱咤风云”的神色，只是腿脚诚然不太灵活，拐杖已成随身之物。趁他们正在周旋，我径直奔向生机盎然的田里，感受这一个别样的天地。

映入眼帘的，是一大片松软的玉米株。方正的田地中，一列列高耸的绿叶井然有序，张张晶莹的叶片包裹着一个个初生的精灵，齐刷刷抬头看向天空，恨不得冲破大地的束缚。玉米方阵旁的是低矮的红薯方阵。与前者相反，它们的形状更加圆平，紧紧贴着大地，仿佛与之融为一体，默默地借大地的温暖接受土地的润泽。红薯地的旁边，整齐地立着许多齐人高的架子，那是属于四季豆、豇豆和西红柿的乐园。蜿蜒的青藤缠绕其上，朵朵亮丽的黄花点缀其间，更有轻盈的白蝶翻飞回舞。目光平移，另一处暖红的肥沃土壤上，翻垦的痕迹清晰可见，这片裸露的红土却不知孕育着什么奇妙的生灵。

“大姑妈，你们种了这么多东西啊！”我不禁感叹。“是哦，这些基本都是你奶奶一个人种的。”奶奶一个人种的？看着这一片没有边际的绿意，大姑妈的回答让我深深震撼。奶奶，上三楼捡鸡蛋会腿疼，走路要拐杖的八十多岁老人，竟然能开辟出这么广阔的一片天地！这实在是她的“家园”。

我忽然想起，从前每每回老家，我们都不会空手而归——或是蔬菜，或是瓜果，车的后备箱总是“满载凯旋”，奶奶恨不得我们都回去拿她种的菜。每到返程之际，奶奶总会事先把蔬果一一分配，有时甚至还要让大家继续到田里去采摘。不论是我们家，还是其他亲戚家，看着蔬菜被放进后备箱，奶奶总会露出无比开心的笑容。

原来，她是忙着侍弄她的菜地，打理她这个洋溢着温馨的家园，才不愿在儿女的家中多停留。她总是挂念着家门口那一片菜地。奶奶把自己的爱深植于她钟情的土地里，生出的温暖，茂盛了她门前的那片家园，也浸润了她身后的那个家园。

不顾小家，无以顾大家。中华民族绵延五千多年生生不息，离不开对家的赤诚，离不开对家的热爱。有了奶奶的“家园”，才有了儿孙们对祖国的担当；有了无数个奶奶的家园，才有了国家的兴盛。

奶奶用爱孕育了这个家园，我辈亦应立一家之小，兴一国之大。

岷江放水，遥忆李冰

今人缅怀古人，有的借古伤今，有的致敬先贤。时过境迁，凄伤的境遇总会过去，而那些在人间熠熠生辉者，则会永远被后人铭记。

当春风在大地上唤醒了无数沉睡的生灵时，都江堰的激流正亟待开启新一年的东征。清明时节，明净之风掀起岷江之浪，向着成都平原的方向拍打而去。都江堰放水仪式——一场盛大的祭祀典礼，寄托着人们对李冰父子的感激与崇敬之情，承载着人们对生活的期盼与希冀，引来了浩浩汤汤的岷江之水。

成都，战国时强秦的大后方，三国时那富庶的益州，盛唐时丝管纷纷的天下第二大都市，享有“少不入蜀，老不出川”之称的所谓天府之国，自古就是战火纷飞中一片安逸祥和的世外之地。雄伟的奇山险峰阻断了关外的兵马鼙鼓，得天独厚的地理环境把这里变成了温柔之乡。究其原因，任何一片肥沃的土壤都离不开河流的润泽。正如黄河孕育中原文明，岷江带给了成都平原蓬勃的生命力，却曾亦是一条肆虐的桀骜之龙。

战国时期，秦国蜀郡太守李冰治水都江堰。在此之前，偏僻的蜀郡根本无法冠以“天府”二字。岷江喜怒无常，黎民苍生屈服于自然的淫威，在苍天的脸色下战战兢兢，一如那时天下所有的躬耕之人。百姓受难，自有人挺身而出。与自然搏斗，予百姓生存，李冰就是这样一个为民挑战天威的人。

治水谈何容易。回望历史，第一个因治水而立下赫赫功绩的人，是传颂千秋的大禹。在大禹之前，治水之人是鲧，但他却以失败告终，甚至成为天下的罪人。原因何在？鲧治水，用的是“堵”法，而大禹治水，用的是“引”法。一堵一引，一个对抗自然，一个顺应自然，逆天者消亡，顺天者成功。大禹治水“道法自然”，正是李冰治水所行之道。

抗日战争时，日军认为炸毁都江堰便摧毁了成都这一后方大粮仓，进而能摧毁中国的顽抗。可日本轰炸机在都江堰上空盘旋许久，却始终找不到大坝在哪里，只得胡乱朝江水中扔下几颗炸弹，无功而返。都江堰根本没有什么大坝，是李冰用一双温柔的手拨开了汹涌的岷江浪潮。被日军破坏最大的第一项工程宝瓶口，也仅仅是给岷江的奔流开出航道。而第二项分水鱼嘴、第三项宝瓶口，仅是轻轻地分开了翻滚的江水。鱼嘴、宝瓶口、飞沙堰……一项项充满智慧的工程，造就了世界上历史最悠久、唯一留存至今并仍在使用的水利工程都江堰。都江堰“无坝引水”，分岷江为内外两江，夏季洪水，江水自外江排出，冬季枯水，江水自行汇入内江。自此，成都平原“水旱从人，不知饥馑”，成为天府之国。

在那个靠天吃饭的时代，有了稳定的水源，就有了耕种的命脉，有了稳定的水源，就意味着风调雨顺，五谷丰登。“扬一益二”，偏远的益州，却能堪比深处江南腹地的扬州，离不开李冰和庇佑成都平原千年的都江堰。从都江堰建成的那一刻起，每年人们“岁修”完毕，做好堰堤的修缮工作，总要在清明节之时，举行隆重的放水仪式，缅怀那个造福百姓的蜀郡太守，敬岷江之水，颂生命之歌。

“放水喽——”伴随着一声穿越历史的长啸，温和的岷江在李冰的注视下，在百姓的敬仰中，翻涌着奔向无尽的远方……

长使英雄泪满襟

丞相祠堂何处寻？锦官城外柏森森。

盛夏的武侯祠，绿树成荫，高大的古木把燥热的阳光净化成了温和的暖流，融融地晒在游人的身上。幽幽的树木下，我再一次跨进了武侯祠的大门。

时值暑假，游人众多，听口音，有来自全国各地，甚至海外的朋友。自大门往内，是一条宽阔的大路，左右各有一块石碑，保存在两个大气的古室里。左为明碑，右为唐碑。不奇怪，唐碑前驻足的游人，是明碑前的好几倍。这座唐碑，于公元809年刻立，由唐朝著名宰相裴度撰文，书法家柳公绰书写，名匠鲁建镌刻，被称为“三绝碑”。唐碑也好，明碑也罢，武侯祠里怎么少得了历史的“见证者”？

往前徐行，一座院落赫然出现在眼前，边缘的长廊绕院一圈，围成一个方形。向内一迈，左右一望，是两道石门，左上写着“武英”，右上写着“文华”，这便是“武将廊”和“文臣廊”了。两廊内，排在首位的分别是“庞统”和“赵云”，两廊内各有文物将臣十四尊。看介绍牌，皆成于清光绪年间。每尊塑像神态各异，令人赞叹。有的一手按膝，一手握着腰带，双目怒视前方；有的目光温和，面带微笑，双手放在膝上。这二十八尊塑像在这两百余年间，不知目睹了多少代人朝来暮去。他们有的战死，或为伐吴，或为断后；有的寿终正寝，千秋功名，封赏无数。常言“贤愚千载知谁是，满眼蓬蒿共一丘”，实则不然。他们仍永恒于这世间，只因青史有名，只因他们是蜀家人。

出了二廊的门，视野豁然开阔起来。正前方是一座大殿，上方端坐着一个方头大耳、面有随和之色的人。他上有冕旒，下有皇袍，身有龙气，左童子手拿宝剑，右童子手捧玉玺。这就是汉昭烈庙了。

刘备上方挂着一块黑匾，“业绍高光”，意为刘备的功业继承了刘邦和刘盈。刘备的左右就是他的三弟和二弟。关羽头上的是“义薄云天”，张飞头上的是“诚实金石”。在他们堂中，都有后代和最亲近的部将相伴。而刘备右边的，不是刘禅，他又是谁呢？我走近一看，是他的孙子刘谌。右边没有，刘禅总该在左边吧，我赶忙过去，只看见空荡荡的一片。刘禅作为刘备之子，在这武侯祠中竟没有立足之地。

不论他是真的“扶不起”，还是装傻充愣了一辈子，在这里总该有个牌位吧？事实是，确实没有。刘禅降魏，使他父亲“创业未半而中道崩殂”的惨烈、丞相“寝不安席，食不甘味”的呕心沥血全部没有了意义。其中也许有种种原因，但在中国的土地上，他是世人最不能容忍的人。他哪里有资格在这里苟存呢？

汉昭烈庙后，终于到了武侯祠。外门有牌匾一块、对联五副，内门有牌匾三块、对联三副。最著名的自然是“能攻心则反侧自消，自古知兵非好战；不审势即宽严皆误，后来治蜀要深思”。大殿上方，黑匾金字，“名垂宇宙”四个大字熠熠生辉，右为“勋高管乐”，左为“河岳英灵”。往内走去，仍有三块牌匾，中为堂名，右为“匪皋则尹”，左为“尹周经济”，都是将他与上古贤臣齐名。刘备三顾茅庐后，诸葛亮从此“鞠躬尽瘁，死而后已”，为刘家天下呕心沥血，病卒五丈原。他受后人爱戴，不仅因为智谋超群，更因为他的忠心。“志见出师表，好为梁甫吟”“两表酬三顾，一对足千秋”。自他出山以来，便为刘备殚精竭虑。刘备死后，仍为他的大业操劳致死，最后关头还不忘把这份遗愿托给姜维。试问，他如何不让人仰慕，如何不让人钦佩？

“三顾频烦天下计，两朝开济老臣心。出师未捷身先死，长使英雄泪满襟。”

从“三星堆”到“金沙遗址”

金沙遗址博物馆和三星堆，是成都人心中两个赫赫有名的景点。因为距离远近的关系，大部分人对金沙遗址博物馆更为熟悉。

我却不然。对于金沙遗址博物馆，我实在回想不起来有什么新鲜东西——上次参观金沙遗址博物馆的年纪实在太小了。我唯一的印象就是那闷热难耐的大棚下有一片巨大的土坑。单调又乏味，成了很长一段时间我对金沙遗址博物馆的全部印象。而三星堆，我却是记忆深刻，甚至是记忆犹新——它实在是太令人震撼了。当我走进展厅，发现身边无数铜面具高高在上地俯视着我，我顿时被那灿烂的古蜀文明折服。更别说那些时间追溯至远古而做工仍令今人拍案叫绝的玉器、金器、青铜器了，那是一场心灵与视觉的超级盛宴。

金沙遗址博物馆似乎要“破败”得多。可那毕竟是我上小学时的记忆，早该更新了。只是我不知道，金沙遗址和三星堆比起来，孰优孰劣呢？它的规模有三星堆的宏大吗？它的文物有三星堆的精美吗？

站在售票窗外，我默默接过属于学生的四十元半价票，心中暗暗吃惊。一般来说，博物馆的票价越贵，说明馆内展品的价值也越高。在这金沙遗址博物馆里，究竟有什么展品在等着我的到来？

从南大门迈步而入，人们会发现自己身在一个“球”的世界里。远远看去，仿佛是给笔直的路面套上了一个玻璃球，在玻璃球的正中间又放了一个小花坛，玻璃球的前后各留一开口，它仿佛在告诉你：走出这个玻璃球，你即将进入一个新世界。

这条笔直的路连接着遗迹馆，路很长，两边栽种着茂密的绿树，让人觉得这里不是博物馆，而是公园。很多年迈的老人在这里悠闲地散步，甚至还有阿姨在空地上练习舞蹈。诚然，这里环境宜人，十分适合养生。这倒是三星堆所不能比的了，它毕竟太偏。

遗迹馆是一座呈斜坡状的半圆形全钢架建筑，修建大气，有古朴的历史厚重感，也有现代流畅的线条感。我原本等待着一股热浪从巨大的土坑里朝我袭来，等我走进这个巨大的遗迹馆——竟然如此清凉！果然，万事万物时刻都在变化，这里早已装上空调了。

不过，呈现在人们眼前的还是那几个坑。记得我小时候来这里时，人们只能趴在栏杆上“望洋兴叹”。如今，大家却可以近距离一探究竟了。

最吸引我的，是地质层年代的划分。最多的一处，有八层。从上到下，“近现代耕土层”“明清”“唐宋”“汉代”“春秋”……一直到“商代晚期”。当它们被几千年后的人们重新发掘，一一成为了展品时，后人的无穷遐想便会深入其中。想想，唐宋元明清，乃至更早的殷商，人们在先人的土地上，一层一层地劳作，创造一个又一个辉煌的文明。这土层，不就是它们文明的基础吗？

展览馆展示的是“祭祀区”的遗址，而陈列馆则展出了大部分的出土文物。整个展览馆由五部分组成：“远古家园”“王都剪影”“天地不绝”“千载遗珍”“解读金沙”。从一个展馆走入另一个展馆，我都要感叹建造者的用心良苦。每一个小厅各成主题，它们之间又层层推进，将古蜀国从各个方面剖析给参观者。展厅不大，但布局之巧妙、设计之精美，却不由让人拍案叫绝。最精巧的是“天地不绝”馆。天地俱黑，万籁俱寂，走在“时光隧道”中，只能看见前方墙壁上白光照射出的铜人投影。步步前行，一路走回千年前。静静走过每一个展馆，才会发现自己心中先前想法的无知。多么气势恢宏的文明！

三星堆诚然壮观，它是一个文明的体现。金沙遗址虽然规模不及三星堆，但它同为文明的缩影。两下相较，有何意义？文明自身就是最好的风景。

格萨尔王：正义与力量的化身

一千年前，吐蕃当朝政权崩溃，部落间征战不断，群雄割据。连天烽火中，争权逐利的是首领，舍身杀敌的是将士，而无辜遭难的是百姓。鼙鼓与铁剑击穿了安定的生活，马蹄所踏之处寸寸化为焦土。藏族百姓哀鸿遍野，流离失所，曾有人烟处皆十室九空。乱世当中，藏传佛教构筑的精神体系支离破碎，原本笃信的善良信仰沦为泡影，佛祖的金莲黯然凋零在战争的烟火之中。

今天的甘孜州德格县，是传说中名叫“岭”的地方。千年前的乱世里，一个名叫觉如的婴儿出生在了“岭”地的一个贫穷家庭，此时只见神光普照，玄鸟降世，天花乱坠，地涌金莲，霎时间七彩的辉光从灰暗的天际透射而出，撕开烽火狼烟照亮了觉如母亲惊愕的面孔。

这个叫觉如的婴儿是上界的神灵。原来，上界神灵们眼见人间悲苦，怜悯的神性有所触动。观世音菩萨大发慈悲，希望帮助人间苍生渡过苦海，直到彼岸。于是她与众天王商量，选派合适的神灵下凡结束人间的混乱。觉如原本就是白梵天神的第三子推巴噶瓦。推巴嘎瓦诞生时就肩负了造福人间百姓的重任，所以有五位世尊为他授记灌顶。他天生神力无穷，法力无边，同时足智多谋，力量之外亦有智慧的一面。

觉如降生后，一直生活在贫苦的环境中，然而上界赋予的使命终有一日会让他登上王位。推巴嘎瓦投胎的觉如，是部落中一个小酋长的儿子。在他尚年幼时，族叔为了争权谋利，设计陷害觉如和母亲。由于他的神性与诸天神灵们的保护，族叔的奸计未能得逞。神灵们经过一番考虑后，觉如和母亲被移居到了黄河之滨，在今天的阿须、打滚乡等地方放牧，辗转谋生。

经过了后人的加工，格萨尔王觉如的一生充满了传奇的神话色彩，成为了藏人心中的精神象征，以供子孙代代膜拜。作为勇武与善良的代表，他用法力降妖除魔，救济百姓，弘扬人间正义。然而在觉如的神性之外，真正让人们永远铭记的是他高尚的人性。

觉如和母亲搬到了黄河边上一个叫玉隆的地方。玉隆是一片广阔的土地，人迹罕至，气氛萧索而肃杀，时常笼罩着阴冷的寒气。这片土地无人管辖，偶有不得不路过的商队战战兢兢，噤若寒蝉，生怕突然从哪个土坡后蹿出一伙拦路打劫的强盗。成为强盗的人大多为游手好闲之辈，然而不乏因环境所迫来做这绿林勾当的人。玉隆土地沙化，土壤贫瘠，种下的庄稼往往撑不过一个季度，泛滥的洪灾又使恶劣的生存条件雪上加霜。不仅庄稼难以存活，放牧的牛羊也饥肠辘辘。地鼠上蹿下跳，恶魔横行无忌，牲畜们不得安宁，不时还会人间蒸发。

觉如的到来改变了这一切，而他此时只是一个十多岁的少年。他走到哪里，哪里的不幸就变成了感激他的颂歌。对那些深陷苦海而难以自渡的人们来说，觉如就是他们的神灵。他动用法力灭杀了活蹦乱跳的地鼠，制服了桀骜不驯的恶魔，保护庄稼和牲畜免遭祸害，得以自在生长。他又设计惩罚了劫掠商人的强盗，声威大震，自此无人有胆来犯。然而觉如作为下界的天神，一味杀生不合佛法，亦没法根除萦绕在当地的贫瘠。于是他大手一挥，一条水龙飞流直下，成为了蜿蜒曲折的一条银蛇。这条银蛇穿过荒凉的土坡，压出的印痕开满鲜花。他双手一托，一池湖水凭空降落，染绿了周围的荒凉的黑山。他再用手指一点，成群结队的牛羊从指尖倾泻而出，奔袭之处长满了半人高的碧绿牧草。他炯炯的目光射向哪里，哪里就飘来七彩的祥云，响起缥缈悠长的乐歌。

商人们知道这是天神下凡，连忙拿出一半的财物供奉给觉如。觉如摆摆手拒绝了他们的财货："以后你们经商归来，送我一条哈达和一些汉地的茶叶便可。你们只需在这里修建一座宫殿，我将保佑你们一切的行动，而修建的所有费用由我承担。"从此，商人们以觉如为精神依托，生意繁荣兴隆。

觉如的勇武征服了苍生，但他的善良让他们万世难忘。格萨尔王象征着力量和正义，永远活在藏族人民的心中。

躁动的宽窄巷子

宽窄巷子，给我的最大感觉就是“躁”。

作为一个生长在成都的人，我对宽窄巷子一点也不陌生，这三条拥有几百年历史的巷道，是成都一张响当当的名片。随着声名的远扬，这里也出现了许许多多顺应时代发展的变化。

跟家在成都的同学建议去宽窄巷子玩，他多半会兴趣索然。就连跟外地的同学建议去那，他也只会表示感谢而无所行动。诚然，这里早已不能称为古巷，而只可以称为“现代巷”了。

步入窄巷子，密密麻麻的人如潮水一般，填满了巷里的每一个角落。这潮水可不一般，有些时候，竟凝滞得失去了流动的能力。此地不仅人多，空气也浑浊不堪。甜腻的糖果味、辛辣的油烟味……如同寒日的冷风般，直愣愣地往你的鼻中灌。同行的朋友后悔妈妈当初怎么没有多给他生两个翅膀，而我，也不求生出翅膀，只渴望脖子能生得长些，呼吸到珍贵的新鲜空气。不过，这其实也无济于事。虽说闻不到混合的令人作呕的气味，但震天动地的叫卖声，器物碰撞的金属声……也会让人迷失。无数的人却乐此不疲地如裹挟着的潮水奔涌其中。

宽巷子则给了人喘息的余地。走进其中，我们松了一口气，开始平静了下来。巷子是崭新的。本该古朴的石板路早已被压得光滑。巷子的色调是灰的。灰石板、灰壁墙、灰房檐……建筑倒确实赏心悦目。在这里行走，诚然有一种穿越感。美中不足的是，小巷两边，满眼皆是花花绿绿的招牌，走上三五步，就能看到一家商铺。饮料铺、甜品铺、餐厅、书店、邮局、服饰店、手工店——简直成了繁华的商业街。虽然早已做好心理准备，我仍不免又一次失望。

既来之则安之吧！虽然世俗红尘气已充斥了整条街道，但这并不妨碍我们感受现代化的气息。

“宽窄巷子就是逛吃逛吃。”朋友早已看穿一切。确实如此，在当下这个环境中，到哪里去找真正让人心定神凝的“世外桃源”呢？听说这里有个宽窄巷子发掘遗址，我们便盼望能在那里发现一点惊喜。

沿地图前行，前方又出现了一处拥挤的人潮。想必是那里了！我们快步走近。人潮在不远处停止了移动。仔细一看，一张桌子前，左右两个中年人，弓着腰坐在两个小板凳上。他们面前各自放着一个小水盆，一个小工作台。左手拿着一件东西，右手拿着一把铁锤。他们用左手一拨、一转、一挪、一移，右手一敲、一打、一琢、一磨，反反复复地加工着左手的物件。噢！原来这里是另一家手工店。他们敲打的，正是银器吧！两人的座位正对大门口，拥挤的游人占据了他们全部的视线。他们的手臂落下，再抬起，眼睛紧紧盯着手里的工作，偶尔有人问询才停下几秒。

“师傅，你这个活得干一天啊？”

“是嘎，在这儿一坐就是一天。”他抬起头，看了我一眼，抬手擦了擦额头上细密的汗珠，又俯身继续“叮叮当当”。

走出这家手工店，我的心竟平和了许多。在这繁华喧嚷的宽窄巷子，有人能够一坐一整天，我就不能淡定片刻，沉思一小会儿吗？所谓“上隐隐于朝，中隐隐于市，下隐隐于林”，这两位师傅，也算得上是两位高人了吧！

“静胜躁，寒胜热，清静为天下正。”宽窄巷子也许“躁”，世间万物也许躁动不安。但内心若有几分清静，若有几分坚定，化躁为静，淡定处世，岂非天地之正道。

石室印象

石室中学，一座隐于市的千秋学府。

小时候很多次听说过民间“七中重理，四中重文”的传言。如今虽然知道这个说法不怎么受广大学子的待见，但还是让那时的我充满了对这所神秘学府的幻想。这该是一个什么样的地方，才镇得住“文”这个饱含无穷韵味的字呢？

初中时，我参加过一次作文比赛，地点就在石室中学。那次的初见，石室的盛景深深地印在了我的脑海里。走过繁华的俗世车道，一个拐弯，进入巷中，道旁忽然生出了许多苍翠的树，原有的车水马龙消失了。阳光把斑驳的树影洒落在地上，耳边空余声声清脆的鸟鸣。画风突变，岁月倒退，人不由自主地慢了下来。一抹鲜艳的赤红，穿过浓密的绿荫映入眼帘。那是朱墙？顺着厚重的朱墙一路前行，于校门之外静静驻足，身后的世俗繁杂、红尘纷扰消失殆尽——恍若隔世。

眼前的大门古朴凝重，与对街市井格格不入，似乎推开那朱红的大门，就进入了另一个世界。青瓦成鳞，六柱擎天，飞檐高起，佳木掩映……真是一座不知何时隐匿起来的行宫，在历史长河的冲击下仍旧保持着自己的神韵。匾上的“文翁石室”分明是昭告天下：这不仅是一处遗址，还是一座学府。穿越千年霜雪而薪火未绝，它至今仍在行使着自己的使命。诚然是一位隐于市的先哲，千秋万代，桃李已遍布四海八荒了。

“李冰治水，文翁化蜀。”这是每一个石室学子都耳熟能详的话。西汉时，蜀地虽然有都江堰的庇护，成为了富饶的天府之国，但却被称作蛮夷之地——人们受教化的程度极低。“蜀地僻陋，非齐鲁诸儒风声教化之所被。”蜀地的人们不读书，不学习，真可谓一群蛮子。新上任的蜀郡太守文翁知书达理，见此现状，那怎么行？他先是选拔十多名地方官吏前往京城接受“高等教育”，随后在成都建立了中国第一所地方官办学堂“文翁石室”。霎时间，蜀地人才辈出，学风卓荦，“蜀学比于齐鲁”。据汉书记载，“至汉武帝时，乃令天下郡国，皆立学校官，自文翁为之始云”。

自此，中华文化延续了多少年，石室琅琅的读书声就在成都的天空回响了多少年。纵观历史，成都从未更名，石室也从未更名；成都从未迁址，石室也从未迁址。它如“冥灵之树”，扎根西汉，繁华的枝叶生长至今。司马相如、卓文君、周太玄、郭沫若……无数才子受教于此。何其芳、曹葆华……多少名师传道于此。

跟循着前辈们的足迹跨进校门，入眼便是一座古朴的石碑横于地面，“古今一校，扬辉千秋。”绿色的灌木丛将它衬得格外醒目。镌刻着石室历史变迁图景的步道连接着操场和教学楼，徘徊其上，仿佛人在千古。在操场上举目眺望，眼前的教学楼是一座巨大的汉式宫殿。青绿的飞檐下，雪白的宫壁峭然挺拔，干净利落的转角如同刀削，秀美而不失豪迈。顺道而行，左侧是一片百草园。绿茸茸的地毯上，群葩争奇斗艳。暮春三月，“翠园”草长。杂花生树，群莺乱飞。寻幽其中，只觉意蕴无穷。

在这样的校园里学习一定是一件极有诗情画意的快事吧！墙外王朝更迭，风云变幻，墙内始终如一，典雅宁静。门外高楼大厦“重峦叠嶂”，冰冷得令人窒息，门内却有红墙绿瓦，小桥流水，柔软地浸润在人的心里。长亭依水而建，翠园凭地而起。雄伟的汉风建筑蔚为壮观，磅礴的气魄能感染每一个人的内心。绿意无间，举目无一处不清凉，俯仰无一处不是景。春可游芳草地，夏可赏绿荷池，秋可饮黄花酒，冬可吟白雪诗。闲暇时，彳亍流连，穿行长廊之中，吟咏牌匾古对，醉心草木芬芳。在这满溢着浪漫气息的校园里，不知会留下多少动人的故事。千载的养分铸就了它，它也必会塑造出如它一般温润而才华横溢的人。

开学时校领导的讲话，我已记得不甚清晰。但一位学姐的发言，却让我仍沉醉其中——诚然是我今生第一次在这种场合领略到这样的讲稿。文言与白话相互穿插，时而工笔细腻徐徐描摹，时而白描传神几笔勾勒。倏尔骈散跳跃如汪洋恣肆，倏尔引经据典如缀玉连珠。如此古色古香的讲稿穿透历史直击我心，心潮澎湃久久不可平息。“瞻彼淇澳，绿竹猗猗。有斐君子，如切如磋，如琢如磨。瑟兮僩兮，赫兮咺兮。有斐君子，终不可煊兮！”这就是石室的风格吗？令人沉醉！这种风格，延续到了此后许多次的全校发言。如同烙印刻进了骨子里，浓厚的文学气息扑面而来——这才是真正的学府所拥有的神采。

文翁石室，千年的文脉是你的底蕴，千年的回望是你的神韵。“石室云霞思古梦，锦江风雨读书灯。”你从两千年的长河那头踏水而来，也必将随波滟滟奔流不息。

这里，我来过

炽烈的阳光洒下，透彻了整个操场，也刺进了我空荡荡的内心。再一次抬头看向那个地方，可还是不知道照毕业照的铁架去了何方……

初三下学期的生活里，中考的“大限”在一天天地逼近，节奏一天比一天快。有这样一个照毕业照的下午，无疑是让人喜悦和轻松的。走在这踏过三年的路上，我和身旁的墨池深情对视着。我知道，它曾经目送过无数学生来来往往。

好高好大的一个架子！身旁这十米高、十几米宽的铁架，让整个年级七百余人兴奋不已。足足七百人，即将从这象征过去的绿茵场上，转移到那象征未来的铁架上。这是多么大的盛况！老师们需要用扩音器喊话才能勉强控制住场面，激动的学生们，把偌大一个操场变成了一锅沸腾的开水。

我不记得那个下午说过多少话，我知道，我应当是沉默的。沉默地看着身边喜笑颜开的人，浅笑着和那几个最亲密的朋友闲扯几句。我知道，站在这高大的架子上意味着什么。我所站立的地方，往前，可以俯视整个学校的美景，往下，能够纵观沸腾的人潮。源源不断的人流还在朝架子上涌来，浩如时间的长河，正从过去向未来奔腾。这条长河，是激烈的，是坎坷的，是沸腾且躁动的。它既告知我这欢乐的现实，也让我清楚不久之后将是何等宁静。人一个一个地从架子上向下走去，热闹的场面被一块一块地切碎。

再一次来到这里，是属于石室的一行八人。那再熟悉不过的铁门后，是一块再熟悉不过的石碑，刻着“卓尔不群，大器天下”八个大字。年级毕业照是在操场上照的，班级毕业照是在这里照的。一班六十人，此刻能一同回来的，只有我们八个。墨池水已被净化清澈，操场上的面孔也都是新的。放学时分，那里只有不多的正在训练的篮球校队和排球特长生。看看他们身上的红白校服，再看看我们身上的淡蓝校服，我知道，我们早已不再是他们了。望向操场的那个边缘，那日高大的铁架消失不见，却总能让我回想起一年前照毕业照的那个下午。

“此去经年，应是良辰好景虚设……”我脑海里逐渐出现了柳永的这首《雨霖铃》。我静静地凝视那平静的墨池，我看见了我在水中的倒影。他已是一个高大的人了，它也许已经认不出我了。抬头望见远处跳动着的红白身影，我顿时明白：生命没有永恒。万事万物时刻都在变化。人们来到此处，继而离开此处，去寻找那自认为不变的终极。生命之河一路前行，人不能沉浸在遥远的回忆里。

迈出校门，我的心逐渐安然。我知道，这里不过是我来过的一处时间节点。看看脚下的路，我就必须抬头坚定地前行。

寻　荷

三圣乡就是这里了。

路牌上绘着一幅景区全览图，图上的各个分区以贴切的四字勾勒出了不同的特点。其中最吸引我和朋友的，就是“荷塘月色”了——“曲曲折折的荷塘上面，弥望的是田田的叶子。”时值初夏，如何不美？

扫开两辆共享单车，依着路牌的指示，我们在绿荫道上不紧不慢地前行。一路上，反复地研究地图，反复地参照标牌，不负我们的期待，一片荷塘终于出现在我们眼前。想必这就是荷塘月色了吧！

一池清水中，疏疏地生着些许大朵的荷叶。此时阳光正烈，硕大的绿叶成了水塘上一把把小伞，不知水塘是否也感到几丝凉意。而我无福消受，太阳正在头顶作威作福，把刀子般的阳光插在身上。虽然这片荷塘和小区池塘的规模相去不远，但好歹是一片清凉胜景，足以慰藉炎热的身体。四处望去，稀疏的荷叶尚存，荷花却一朵未见，我不禁开始怀疑这荷塘的真实性。

“这不是‘荷塘月色’吧？”朋友也有些惊讶地说。

“就是这个吧……”我安慰自己，“有这几片荷叶就不错了。”

虽然荷塘让人有些失望，但这里的环境十分适合骑行。我们沿着绿道恣意地行进，快乐的交谈声洒了一路。风想必是见了“同道中人”，游龙般翩婉地从我们身旁掠过，又像一片轻柔的飞纱，遮蔽了些许的炎炎暑气，似乎是融入了风中，融入了嘉木的荫蔽中。我们的心也自由地奔腾起来。生活就像这条车道，时而上坡，产生强大的阻力，使你不得不推车上行；时而下坡，放松自己，它就会让你惊喜。

不知不觉间，太阳越发灼热，天上驾车的人即将把它赶到我们的正上方。道路渐渐宽敞了起来，人也越来越多了。是又到了一个景区吧！

“这是哪个景区呢？”我问朋友。

“我看看……应该是‘幸福梅林’吧！它就在‘荷塘月色’旁边。”他看了看先前用手机拍下的地图。

正午的阳光让人有些睁不开眼，空气也渐渐闷热了起来。我们只想赶紧避避暑，却又好奇“幸福梅林”究竟是个什么地方。停好车，我们徒步前行。

这条路上的游人还真不少，夹道生着低矮的灌木。那苍翠的颜色，在灼目的阳光下竟显得有些明晃晃的，像水波一般晶莹。微微凝神，把目光透到灌木丛的那边去，我惊呆了——原来这才是“荷塘月色”！

穿过灌木丛，满目皆是清凉意趣。这是一片荷的田野，更是一个荷的世界。在这一方世界里，只有两种元素：上为苍天，下为青荷。“荷田”的中间，一条木道横架其上。往左望去，无边青荷直接天际；往右望去，无尽莲叶绿染青冥。人站在木道上，也会有些“念天地之悠悠”的感慨，不过这下是“念荷叶之悠悠”了。盛大的气魄，是一股势不可当的自然力，浩浩荡荡地冲进人的内心。明亮的阳光从天外射来，将荷叶打得琉璃般通透。清风一拂，荷叶微颤，如波纹四散开来。朵朵莲叶，不沾一分红尘之气，它们空明的内心，你只一眼便可明了。

“你看，这朵荷花还挺好看的。”朋友指着一朵盛开的荷花感叹道。它粉嫩的花瓣直指青天，燃烧般怒放着。“可惜，只有这么几朵开了，好多还在打花苞，看不到大片大片的荷花。”

我似乎是悟到了什么，微微一笑，对他说：“你看，有些还在开放，它们是莲花；有些已经开过了，它们是莲蓬；有些还没开，它们是花苞。无论如何，它们都是‘莲’的生命过程。有时当你放下苦苦执着的种种，也许你会发现，它其实就在你的眼前。”

一转之间

假期在外游玩，既然是为了换一个环境放松身心，“吃”这一人生之大事自然得好好琢磨。不须餐餐俱到，但午饭多吃几个花样才能留得住些许生活的乐趣。

在热带地区顶着酷热的烈日，眯着双眼，在正午这太阳最为火辣的时刻于屋外游荡，也只有一个人在苦苦搜寻食物时能干出来的事情。连着吃了七天的业主食堂后，既不满于骄阳下难耐的奔波，也不满于日日单调的搭配，我终于开始就近寻找美食。两日的战果，是一边坐在三亚的一家兰州拉面馆里，一边吃着一盘五彩缤纷的新疆拌面。第三天，我结束了我的横穿中国之旅，狠下心来，决定探寻真正的美食。

徐徐走出院子大门，忽然发现，滚烫的阳光今日里温和了许多。波涛般起伏的海风一阵又一阵地冲击着绿树，拨得树叶发出层层叠叠的乐声。不知是天气真的变化了，抑或是心志增强了几分，对于那志在必得的理想午饭，我的心中充满了信心。走过那家兰州拉面时，我充满嘲讽地盯着它，头也不回地离开了。

穿梭在佳木的掩映之中，景色非常。春节期间，一个一个巨大的赤红灯笼垂在一片浓密的翠绿中，成了一个个成熟的热带瓜果，伸手一摘便能品尝到鲜嫩多汁的果肉。蓦地，草坪上一抹刺眼的红攫住了我的视线。难不成真是瓜熟蒂落？我走近一看，红色路牌上，一个戴眼镜的白胡子老头露出慈祥的笑容注视着我。我俩真有缘啊！不知在这海之一隅吃肯德基是否会有种别样的感受。路牌上清楚地写着："半山半岛四期H座首层"。何谓"四期"？诚不知路在何方，但我确实想试试海边肯德基的独特风味。

顺着指示牌背后的方向，我大步往前走。沿途上，各色海鲜店、家常菜馆应接不暇，但它们都不适合只身一人的我。这里的肯德基我偶然看到过一次，但没想到，今天它真的会成为我的午饭。凭着印象走了好一阵，肯德基却迟迟没有出现在我的面前，繁多的餐馆我倒是看了个遍。越往前行，越觉偏僻，心中突然生出一种不妙的感觉。我往左猛地一转——果不其然，头上四个霓虹彩字熠熠生辉，赫然写着：兰州拉面。

一边感受着兰州拉面投向我的微笑，一边感受着肯德基老爷爷持续的注视，抬头见天上金乌正耀武扬威。我麻木地走进那家熟悉的异地面馆，慢慢地坐在那熟悉的老位置，正准备点一份新疆拌面时，理智让我选择了鸡蛋拉面。这是为什么呢？清清楚楚的一个路牌，难道只告诉人们一个地址，却没有丝毫指示作用吗？我决定吃完饭后去探个究竟。

穿过灯笼林，又看到了那张慈祥的脸。不错，肯德基老爷爷的头像下方，“半山半岛四期H座首层”几个字融在太阳的光辉里。我缓缓向它靠近，像聚精会神的猎人，然后猛地一转——路牌背面是一个一模一样的头像，可头像下方却多了一根直行箭头，旁边分明写着：前行四百米。真是造化弄人！我原本就走了相反的方向。

一转，重临原点，一转，忽见终点。此非造化弄人，不过人自己骗过自己的小把戏。有时只需一个转身，就能发现不一样的结果。

千秋诗魂

“看那朵荷花！”同行的朋友兴奋地盯着荷塘。

我转头凝视。好一片清凉的荷塘！徒步的燥热感瞬间消散在了大朵大朵的荷叶间。此地有长廊一道，凉亭一座，嘉木四合，绿水内镶。盛夏灼人的阳光融在这温柔的绿意间，也变得和顺了起来。密密麻麻的荷叶，你趴在我身上，我躺在你脚旁，共同给这片圆形池塘撑起了一把绿油油的遮光伞。而最引人注目的，却是这万绿丛中一朵耀眼的荷花。殷红的它，如同燃烧着的小太阳，从池里冉冉升起，成了人们目光的焦点，成了这片天地的主角。

“好难得啊！我以前都没有注意到这片荷塘！”我惊讶道。朋友点了点头，盯着池中的“太阳”。我也静静地看着那朵荷花，那唯一一个被万千绿叶簇拥，被无数游人簇拥，凭一点鲜红傲立在水池中心的挺拔身躯。那是你吗？诗圣，是你在观照我们这些后世人吗？

杜甫草堂，由于离家近，我是来过许多次的。不过往往因年幼，胸中的积蓄也寥寥无几，每次前来，都总有令人激动的新鲜感。杜甫草堂的绿荫十分浓盛，园内比起外界清凉了不少，有种让人心静的力量。麻雀似乎也沉醉在这凉意之中，呆呆地立在道旁。我们走近，它们只蹦跳着往前走远了——并没有我想象中飞起的画面。这一定是这里的“家雀”吧！慕名前来杜甫草堂的游人实在太多，连这种极易受惊的鸟也见怪不怪了。

印象中，随着年龄的增长，这里的游人一次比一次多。如今正值暑假，虽说是旅游旺季，但场面的壮观仍在我意料之外。当我还在为找不到前往草堂的路而苦恼时，看到前方路边停成一长列的大巴，我知道，我找到了。最年迈的游客，白花花的胡子已经蓄至胸口，目光仍炯炯有神。最年幼的，还需要被抱在怀里。而年龄在这两者之间的，更是不可胜数。小学生、初中生、高中生、大学生；打扮艳丽的、穿着保守的；带孩子的、与三两友人结伴同行的……同为历史古迹，“晋代衣冠成古丘”“潮打空城寂寞回”的萧瑟破败，在这里是不可能出现的事。千古浪潮汤汤奔去，淘不走杜甫的这座草堂。

据草堂附近出土的一块石碑记载：“江水之西，平原之上”“野鸟徘徊，行人凄怆，空余石塔……”杜甫来之前，此地荒凉偏僻，人迹罕至。谁能料想，一千两百余年后，这里已是游人不绝的圣地。一切，都是因为这里住着一缕“千秋诗魂”。

“李杜诗篇万口传。”李白与杜甫，一个是天马行空的浪漫主义诗人，一个是沉郁顿挫的现实主义诗人。两人同为盛唐的顶级诗人，也是中华民族文学史上两颗耀眼的星辰。我和朋友随意走在青石板路上，突然撞进了一方让人心醉的小世界里。一座方正的庭院，正中间是一个盆景园，有长廊环绕四周。就在这长廊的墙上，一块块石碑，或楷书或草书，或隶书或篆书，刻满了杜甫的诗作。四下望去，身后的盆景园内游人稀少，反倒是这长廊之中站满了人。“我今天一定要在这里找出十首我认得的诗！”身旁的一个小男孩信誓旦旦地对妈妈说。看着他，我仿佛看到了许多年前的自己。杜工部似乎就在墙上这一笔一画间，用他那悲悯的双眼看着一个又一个驻足于此的人。在他目光的注视下，昔日六岁，尚未发蒙的我，已成了今日十六岁，能记二三诗文的我。笔画的跳动，线条的流转，勾勒出一幅世间众生疾苦相。诗圣的灵魂啊，必然会引领一个又一个“我”走进中华民族的文化盛宴里。

草堂，自然就是整个杜甫草堂的重中之重了。不用真切地看见茅屋，就能知晓它的所在：游人聚集得最多处，便是那茅屋了。一切都像以前那般熟悉。脱落的灰白墙皮下，分明可见整整齐齐的用竹条“织”成的“筋骨”。四个房间内，挤满了众多的游人。明知道这是后世重修，我们却仍乐此不疲地往里钻想探个究竟。这也是拜他的精神所赐吧！他的肉体已经逝去，但人们仍然渴望从和他有关的一切事物里寻找他圣哲的精神。诗圣杜甫，当年就是在这样一间破败漏雨的茅草屋里，写出《茅屋为秋风所破歌》的！房外，两个外国人的身影格外醒目。她们皱着眉头，抬头紧盯着一截断掉的枯木，是想寻得历史的踪迹？柴门外，也有一家外国游人匆匆走过，转头凝视柴门，作最后的告别。“世上疮痍，诗中圣哲；民间疾苦，笔底波澜。”这样一个崇高而纯洁，神圣而伟大的诗魂，放诸四海的哪一片土地，怎能不让人感慨万千呢？

雪白的照壁上，“诗圣千秋”四个飘逸的大字，引得游人拍照流连。诗圣的精神是不灭的，诗圣的灵魂是永恒的。一座草堂，一位圣哲，一颗中华民族永不坠落的烈日。

爷爷的沉默

苍白的天空中，一声悠长的鹤唳穿透了茫茫的云海，丝丝余音萦绕天际，和盘飞的黄鹤一同久久激荡，继而归于沉寂。

“不要通知成都的人。”这是爷爷最后的叮嘱。沉默，千古风雨下默然的青山，如他最后一个年头一般。他始终沉默着，也终于沉默地离开。

涟漪寂然，仍激起了层叠的水浪。身在成都的父亲与幺爸，或是上学、或是工作的哥哥姐姐，全部回到了农村的老家，大姑妈、二姑妈一起，亲人都在。爷爷静寂的叮嘱，挡不住子孙们的孝与情。

昔人已乘黄鹤去，常对今人思古人。沉默之中，又想起了爷爷的沉默。

在那时，动荡的天地常常酿成悲剧，但凄怆的苦水又常常生出高尚的花来。爷爷三岁半时，国民党的军队在镇里抓壮丁，从此爷爷的父亲就离开了他，他便成了这不公命运的遭受者之一。在那翠峰耸立的偏僻小镇里，生于此境，长于此境。

奶奶谈起爷爷，开始只说“文化不多”，但不久后又成了“文化好”。若说学历，不过是读过几年私塾，几年小学罢了。他成绩优秀，天赋悟性，成为全校唯一个考上了外国人在遂宁办的教会学校的小学毕业生。那所学校是免费教育，那是令多少穷孩子羡慕的洋学堂，学校只要求学生入学时穿件新衣服，可他没有。他妈妈让他把家里那一筐棉线穗子卖了，买块布就可以做身新衣服了，可他没有这样做。他想到妈妈常常白天下地干活，晚上纺线到鸡鸣，需要一年的时间才能纺出这一筐穗子，他不忍心看到妈妈这么辛苦。一个不忍，断了他的求学梦想，这本该是一个少年莫大的憾事，可他用沉默告诉我祖母他的内心很平静。

其实，爷爷的内心从来都不平静，他无时不在与命运抗争。

土地改革时，他是一个乡干部，走村串户，联络各家。在三年经济困难期间，为了落实国家精简机构的政策，他放下政府机关的干部工作，回到家当农民。放下笔杆子，握起锄把子，开始迎接命运的全新挑战。奶奶也由镇卫生院的助产士回到老家。他们都放弃了工作，靠种地换工分为生。平常工分不够，就白天在地里劳动，到了晚上便在家给大集体做账，为的是多挣点工分。

六十年代的农村，怎一个穷字了得。爷爷曾为了全家的口粮，白天干完农活，晚上还到一家人的建房工地上守夜，看守几间在建的房子和建材，挣一点钱补贴家里油盐柴米的开支。一天，去看望爷爷的奶奶发现，屋里寒气蚀骨，他一动不动地卧在湿透的被子里。拉他起身一看，满身起癣。掀开不断渗水的床底，只见一片积水，地板早已浸湿。她当场就和那户人家翻脸，叫爷爷赶快回家。从此，他落下慢性气管炎的病根，往后越发严重，咳嗽也愈加剧烈，可他却总是憋在心里。再穷也不叫苦，再累也不吭声，这大概也是他被病痛缠身的原因吧。

爷爷和奶奶，一个沉默而温和、一个活跃而强势，他们就这样在互补中相濡以沫。一条内裤补了又补，终于到了该扔的地步，爷爷狠下决心丢弃，奶奶却仍然想让他将就穿，这是他们唯一一次赌气。可爷爷出差归来买了一块花布，却仍舍不得给自己做件新衣服，最后给大姑妈、二姑妈一人做了一件衣服。

生活的重担压在肩上，但无论面对疾病，抑或小事大事，他总是波澜不惊，笑眯眯的脸上总露出温和的模样，是他的经历和涵养共同造就了这样的人格。在爷爷的人生履历中，他当过人民教师，街坊邻居都尊敬他，叫他“刘老师”。可敬而可靠的爷爷，虽不是党员，但每次区公所清理档案，都叫他去帮忙。

家中固然贫寒，但这并没有降低他学习的热情。他写字、练字、背古诗、看书，还练就了双手打双算盘的绝技。如今，受过良好教育的子孙在各行各业工作，却没有一个人能写出他的那一手字——清秀而遒劲。

沉默的爷爷，对晚辈要求十分严格。为了乡广播里的一个字怎么写，可以和父亲争上半天。父亲高中毕业去当兵，向来重视语文的爷爷亲手包裹了一本《语文基础知识》，用自己俊逸的字题上书名，寄给千里之外的儿子。大概是希望自己对知识的领悟能得到传承。到孙辈们长大后，他将木板刷上油漆，用粉笔写字，给他们一些文字的启蒙。他不仅自己写得一手好字，还教孙辈们练习毛笔字。他总是远处遥遥地观望，时而走近看看几个孙子的“书法”，却常常是暗自摇了摇头，静默地走开。饶是如此，他仍总是更加悉心地指正他们的毛病。

他默默地干活，默默地学习，默默地撑起了一个庞大的家庭，就这样一直走到人生的尽头，爷爷离开我们时，75岁。爷爷下葬那天，奶奶已经没有了眼泪，我依稀听见奶奶在说：“可惜他那一手好字哦……”

我的年纪，相较于众多哥哥姐姐，便又小了许多。对爷爷的印象有些模糊，但我记住了爷爷的沉默，以及那个时代背后农村沉默的众人与生活。

灵魂的生命

“前方到站……”疾驰的地铁慢慢减速，释放出了车厢内大半激动的灵魂。

“这个站下的人多，上的也多。”小姨说，“网红车站嘛，好多下去拍抖音的。”贵阳的地铁人流量，确实是让人比较轻松。春节将近，这个管道内却清清静静，想必众人仍在岗位上做最后的挣扎。车门一开，做好补妆收尾工作的人，用手扒拉扒拉仪容，快步下车了。而我们这个豪华阵容，三家的父母招呼着各自年幼的长子次子，也从车门鱼贯而出。

听到“网红”二字，我顿时肃然起敬。在成都，诸如网红火锅店、网红奶茶店，可谓数不胜数，而我曾目睹过二三尊容。从店内伸出的人堆层层折叠，密不透风，排成了颇为规整的队伍，仿佛哪个旅游景点正在检票。是互联网与人心的力量让这些互不相识的人无比坚定地守望着一个共同的理想：品尝这家火爆的美食。今日，我有幸得以参与其中了。

走出地铁站，行不多远，就来到那传说中的网红地下街。我们一行九人，在空荡荡的车站过道里，原本如天子之师一般气势凌然。可当我站在那条街的入口，我才发现，我们不过是红尘中微不足道的一粒沙。

眼前的盛况让我瞬间产生梦幻一般的奇异感觉。左侧的墙上，充斥着霓虹色彩的各类涂鸦，合照自拍的人数不胜数。除了手机相机、美颜相机，剩下的就是让我肃然起敬的抖音——一个视频分享软件。正前方，人头攒动，摩肩接踵，好像站在一个巨大而浮夸的调色盘前，不论哪一种颜料都俯拾可得。人有人潮，声有声浪，滚烫的开水马上就要冲开坚固的壁垒，我们即将被潮水裹挟着在这狭窄河道内翻滚得晕头转向。

我原以为，宽窄巷子今日的繁华已足以让人唏嘘，直到今日偶然一观，才明白原来还有这般繁华之地。我们一行人仅仅是来凑个热闹，但人群的盛况，远远不止那些凑热闹的人。听说这里会有表演，在一条两边挤满各色商家的街道，头顶会有龙飞过。我看着头上黑黢黢的屏幕，琢磨着大概一会儿的表演可以缓解颈椎不适。表演分为很多场，我们恰好错过了上一场，只好等待下一场的开始。一边在附近瞎转悠，一边不断看到有人左右张望，面色焦急地问工作人员，“表演就是在这儿看哇？好久开始喃？”得到肯定的回答后他才长舒一口气。逐渐地，街道里的人挤得越来越小，街道也变得越来越厚，只有中间一条缝隙能供人通过了。

表演终于开始了。表演的内容，是一年四季。春有桃花，夏有绿树，秋有红叶，冬天，则略微特殊一些。我们站在水下，看一头北极熊从冰面上踏过。而观众们的激情，是在天上开始飘“雪”时被彻底引爆的。两侧高悬的机器喷出了令人激动的雪，飞舞着粘在观众们的头发上、衣服上。倏尔，天地晦暗，人群变色，一声炸雷横贯古今，直教人汗毛倒竖。浓浓黑云中，一条金龙穿云而出，摇头摆尾好一阵，用金灿灿的身躯将我们压在下面，旋即吼叫着飞走了，空留四个大字：××商业。

环顾一周，欣喜的眼神闪闪发光，甜美的笑容融化万物，兴奋的叫喊高潮迭起，高举的手机终于放下。我仿佛成了一个异类，感受不到似乎本该领会的喜悦。我知道，所谓表演是个噱头，吸引大多数人至此的也不过是四处传播的不纯“热情”，与清晰可见的商业宣传。如今在淡淡的冷眼背后，可能的真相之前，我却分明感受到几分莫名的缺失。

人的灵魂应当是完整的，浪漫与理智不可割离。生命的理性背后，更需要生命的激情。

为一只蜘蛛悲伤

难得见到早晨八点半的阳光。

周末是幸福的。一觉醒来，那充沛的精力是上学的日子不曾体会到的。美好的一天就在这愉悦的晨曦中开始了新的轮回。

睡眼惺忪中，我隐约发现书架上有个黑影在移动，心中暗叫“糟糕”。我凑近一看，果然是我脑海中那个挥之不去的噩梦——一只蜘蛛。慵懒的倦意如同风暴中摇晃的木船一般瞬间被撕裂，取而代之的是一个高度紧张的世界——一个只有我和它的世界。对峙，就这样开始了。

如同从前千千万万次的僵持，这只蜘蛛夺走了我的全部视线。它细长的蛛脚每一个精微的动作，都像一根根细针扎在我的心上。从平放的《伊利亚特》一路移动到竖放的文件夹，它感受到了我极不客气的注视，终于停下了让我毛骨悚然的脚步。寂静是最恐怖的气氛。我多么希望它立马从我的书架上消失，却又畏惧它离开我的视线。但它，这不请自来的拜访者，从不会给我留下冷静下来的机会，就要向我发起进攻了。

它挥舞着六根灵活而丑陋的蛛脚，如同划船的六根长桨，整齐而有序地把自己划到了文件夹的最顶部。它停了下来，想看看我的反应。如今它已是穷途末路，任我摆布。倘若前进，等待它的只有一个天堑——从书架跌落；倘若后退，我随时可以处决它。正当我反复权衡利弊之时，只见它纵身一跃，以迅雷不及掩耳的速度逃出生天，来到了一个新世界。我无法忍受这一切。我知道，我必须做点什么。

我看见了书桌上的“黑芝麻丸”——一个不大不小，刚好能够用来做容器的塑料盒子，从中取出仅剩的最后一粒，手上滑腻的油让我感叹其质量之好。端着圆盒缓缓靠近，它并不知道自己已被阴影笼罩。“咔”的一声，盒子与书本碰撞的剧烈震动让它有如一根离弦之箭一般射入了盒子的底部。我猛地盖上盖子，它终究没能逃脱命运的魔爪。

蜘蛛并不知道自己来到了什么地方。它使出了飞檐走壁的功夫，却发现现实似乎和自己的预期不一样：此地不宜攀爬。我敲敲盆壁，它忽然成了山中之猛虎，妄图冲破这命运的屏障。我笑了笑，不再看它，转身去享用周六的早饭。

从前有蜘蛛出现，我要么将它驱逐，要么让它以一死了之。此刻我书桌上的一个透明盒子里，却有了一只活生生的观赏品。它被锁死在这一方天地里，是我的战利品，是我随意戏弄的对象。

快步走进房间，我等不及看那个小东西的样子。远远地，它翻了个身。凑近一看，它黑色的躯体扭曲成一团，细长的蛛脚相互缠绕，似乎被打了个结，如同一团被揉皱的废纸，静静地倒在纸篓的底部。

它死了。之前在我的书架上活蹦乱跳的它，此刻成了盒子里的一具尸体。它的身上一片光泽，那是芝麻油制成的囚服。它的半边身子浸在油中，如同沙场上的征人倒在一片血泊里。敲敲盒子，它纹丝不动——我目睹了它最后一次挣扎。

的确，没有什么比失去自由更为痛苦。它是囚徒，我是狱卒，盒子是囚禁它的牢笼。它是生命，我是天地，盒子是束缚它的枷锁。猎豹一般迅猛，雄狮一般威风，羚羊一般敏捷，它很强大，强大到让我心惊胆战。但在这盒子里，它又是多么脆弱。它再也无法在我的书本之间穿梭跳跃，早晨八点半的阳光也无法再将它普照。

卢梭说："人生而自由，却无往不在枷锁之中。"或许，我们当理解为，人生而在枷锁中，却无处不在追寻自由？人最大的痛苦，是明知皆为虚幻，却处处寻求真实。盒壁上细密的刮痕，在薄薄一层油上清晰可见。蜘蛛围着盒子绕了一圈又一圈，当发现自己永远无法逃离之时，身上厚重的油脂让它彻底倒了下去。越是挣扎，越是沉沦，最终以一种丑陋的姿势离开了世界。

我们都无一例外地生活在这样的盒子中。一些人永远倒下，一些人奋力穿墙。大浪淘沙，倒下的人统统化为尘埃，尝试穿墙的人成了千古风流人物。回望过去，却鲜有人真正穿墙而出，笑看众生。蜘蛛可悲，人亦可悲。

但人终究是不同于蜘蛛的。人能觉醒，人能思考，人懂得为一只蜘蛛悲伤，也应明白成为一只蜘蛛该是多么悲哀。

中篇

时事之思

挖掘节日文化基因

粽叶飘香，龙舟竞渡，进入农历五月，各地迎接端午的气氛日渐浓烈。作为中华民族重要的传统佳节，端午承载着厚重的文化内涵。

在农业文明延续了数千年的中国，许多节日都与时令、季节的变换有着密切联系，许多习俗都来自顺天应时、趋吉避凶的生活实践。端午饮雄黄酒、佩“五毒”符、挂菖蒲艾叶，是为了遏制邪瘴、驱避蚊虫。竞赛龙舟在表达敬天怀古的同时，也为人们带来了中流击水的快乐。作为祭祀食物的粽子，逐渐演化为一种形式多样、内容丰富的美食，在炎炎夏日激活人们的味蕾，满足口腹之悦。

传统节日根植于生活实际，亦是回应着精神世界的需求。广大劳动者是节日的发起者，也是节日的享受者。劳作之余，节日让疲惫的身躯重振旗鼓；丰收之后，节日让喜悦的心情激荡升腾；四季轮回，节日承载着对风调雨顺、国泰民安的祈求；年关交替，节日寄托着对一元复始、万象更新的期待。

在传统社会，节日是连接现实生活与精神追求的桥梁，是把亲朋好友、宗族社会团结起来的纽带。那些繁复、庄重的仪式和习俗背后，包含着人们对自然和生命的敬畏，对美好生活的追求。千百年来，在节日的流传中，先人的信仰和观念得以保存，民族文化的基因得以传承。

当今时代，随着生产力的进步、社会结构的变化，传统节日的重要性似乎降低了。节日的内涵变得模糊，原本丰富多彩的习俗被功利化的商业营销所取代。当端午简化为“粽子节”，中秋简化为“月饼节”，许多美好的文化细节和意蕴也在无形之中流失了。当西方的圣诞节、情人节比我们民族自己的传统节日更受年青一代欢迎时，我们的文化传承将何以为继？文化自信又从何谈起？

不论经济发展到什么程度，民族文化的根和魂绝不能丢。近年来，国家愈发重视传统节日，正是出于这样的考量。今天我们庆祝节日，应避免过度商业化，更多地揭示其文化意义和精神内涵。让年轻人感到古老节日仍然鲜活有趣，让现代人能像古人一样享受节日，汲取创造美好生活的力量。

网络如河

生命之源，始于江河。

古埃及的农民在尼罗河赐予的泥土上耕作，古印度的修行者受洗于恒河的圣水，底格里斯河与幼发拉底河塑造出丰饶的美索不达米亚平原，长江与黄河孕育了中华民族的先祖。

江河滋养了生命，亦铸成了灵魂。《诗经》与《楚辞》皆于黄河与长江的滚滚波涛中诞生。回首望去，古往今来，人们皆生活于两个世界——物质世界与精神世界。而在今天，第三个世界早已悄然融入了我们的生活，其来势之汹，正如玉城雪岭际天而来，吞天沃日。它处在物质与精神的交汇点上，它就是网络世界。

今人面对网络，正如古人之临江酾酒，其状万千，感慨万千。

“君不见，黄河之水天上来，奔流到海不复回。”初见江河，滔天气势便浩浩汤汤地冲进观者的心神，观者在目瞪口呆之际，脑中一切意识皆为浪潮吞没。它浩瀚，早已超越了古今所有知识的总和，成为了深邃的信息之海。它迅疾，身具天地间无双的极速，千里东流只在刹那间结束。它无所不在，以天下之至柔驰骋天下之至坚，可化居九天碧落之上，亦可直抵奈何黄泉之中。它变化万千，霜雾雪雹，冰水云雨，随心所欲而居无常态。网络之河，已奔涌而来。

“醉后不知天在水，满船清梦压星河。”沉醉江河，它似乎已与我们并生为一。孤寂之人，可寻江中之友，会江上之清风，观山间之明月，得之为声而遇之成色。有情之人，可见江中之“我”，只叹江畔何年初见月，江月何年初“照”人。半日偷闲，可于江边对酒；案牍劳形，可向江心发问。忘我于江河，其乐自知，但失我于江河，诚可谓悲哀。

当我们醉心在那条信息的江河中时，求知之人会感觉充实，放浪之人会觉得麻木。无数信息争先恐后地进入我们的脑海，各种心情接连不断地占据我们的心灵，看似充实，看似安稳，不过皆为梦幻泡影，如抽刀断水，以酒止愁，皆是一时之快意。

网络如河，惟善钓者居之。且只求化一蓑笠翁，孤舟独钓寒江雪。潮起潮落，江冻江融，一切镜花水月终将消散，而任凭狂风肆虐，白浪滔天，江心之石却依然伫立。大江东去，淘尽的是粉末细沙，千古东流，消逝的是无本之木。信息的江河给了我们真实的幻觉，错把“看见”当作“理解”，把“道听途说”当作“不二法门”。不具慧眼，不悟垂钓，没有独立思考的人只能被滚滚波涛裹挟而去。

网络如河，唯善治者化之。上古治水，其善者皆知治法在“引”不在“堵”。大禹之前，鲧盗息壤，望图以无尽的土壤抵御无尽的水患，最终使得黎民大乱，自身亦身死道消。李冰治岷江，只引不堵，用一只温柔的手拨开了汹涌的岷江浪潮，遂以都江堰赐川西为天府之国。网络之河，并非穷凶极恶，治之引之，便可为我所用。

上善若水，水善利万物而不争。网络如河，其势惹人沉醉。唯善钓者居之，善治者化之，方得天地之趣，造化之美。

牢记文化之根，弘扬文化自信

当爱琴海畔的哲人正争辩着世界的本源，喜马拉雅山以南的修行者体悟着超自然的神灵，华夏大地上的先贤已把目光投向了人与人之间难以穷尽的奥秘。这种对人事的关怀，自群星璀璨的轴心时代便已开始，一直传承在中华民族的血脉里，它是深植于中华传统文化中的文化之根。

文化激荡看主导。现如今，古今思想交汇，东西文化交融，我们必须牢记文化之根，弘扬文化自信。

中华文化博大精深，源远流长。春秋战国，社会动荡，礼崩乐坏。孔子抱着“仁治天下”“克己复礼”的愿望，周游于各国之间，希望那些被各国君主摒弃的美好的古老“幻想”能付诸实践。从此，这样一种“重人事、轻鬼神”的理论，在华夏大地上生根发芽。孟荀二子，君舟民水，民贵君轻。武帝宏图，罢黜百家，独尊儒术。晋末唐初，三教合一，归于儒家。宋明理学，人有三纲五常，人有本心良知。明清之交，士人当担负大任，经世致用。无论历史兴衰，不论王朝更迭，华夏儿女从未停止过对“人”的思考，从未停止过对“人”与“人”、“人”与“社会”的思考，它是我们的文化之根，是我们自信的源泉。

牢记文化之根，坚守精神家园，能给我们带来无穷的精神动力。一个民族的兴盛，必须着力于现实的需要；而一个民族长久的兴盛，则必须满足于精神的需求。“日出而作，日入而息。凿井而饮，耕田而食。帝力于我何有哉！”上古《击壤歌》，唱出了五千多年前最广大群体的释然与自得。他们饱受压迫，饱受剥削，仍然面朝黄土背朝天，耕着自己的一亩三分地，撑起中华上下五千多年。中华文化一边关切着民间疾苦，一边回应着精神世界。从于长江的滚滚波涛中降临的《楚辞》开始，华夏民族浩瀚的精神世界从未停止过奔流。没有物质的支撑，中华民族无法繁衍生息，没有灵魂的支撑，中华民族无法永世长存。

五千多年生生不息的中华文化，让我们有理由，有底气，也必须充满强大的文化自信。传统思想、文学艺术，它们是中华民族血脉中的文化符号，潜移默化的浸润形成了独特的民族灵魂。在当今思想激荡的社会，中华文化不仅没有在世界文化的激流中消损自己耀眼的光辉，反而迸发出了更加强大的生命力，我们每一个人应当为此而自信、自豪、自立于世界民族之林。

牢记文化之根，弘扬文化自信。中华民族必须同心同德，巩固悠久的文化之根，重生繁茂的文化之叶，让中华文化焕发出更加蓬勃的生命力。

承先人之伟愿，启民族之复兴

一百年前，那个失败的巴黎和会，点燃了中华大地上无数青年学生滚烫的热血。列强的欺侮与政府的干扰，在震慑天地的呼喊声中，义愤填膺的怒吼声中，在灼灼“五四精神”的冲击下悉数化为乌有。一百年后，我观看“纪念五四运动100周年大会”，虽不能至当时之场景，却能得当时之心境。

人民有信仰，国家有力量，民族有希望。把五四精神融入理想信念，承先人之伟愿，启民族之复兴。

中国的近代史，是一部屈辱史，也是一部抗争史。1840年的鸦片战争，英国叩开了清朝久锁的国门，从此中华民族的主权一步步走向沦陷。第二次鸦片战争、英法联军侵华、八国联军侵华……古老的国土一次次被人践踏，闭塞的关口被一个个条约冲开，然而中华民族从不缺少抗争的精神，从未缺失斗争的血性。从“师夷长技以制夷”到“师夷长技以自强”；从“自强”到“求富”，无数仁人志士奔走于五湖四海，于世界各地寻觅济世良方。一九一九年五月四日，沉睡已久的中华儿女不甘再于国耻前沉默，在黑暗的天地中爆发出了光明的声音。这一场反帝反封建的爱国运动，让无产阶级登上了政治舞台，开启了新民主主义革命的道路，它的精神需后人永远铭记。

今天，我们必须坚信，无尽的远方和无穷的人们，都与我们有关。在当前中华民族的复兴路上，在错综复杂的国际环境下，唯有每个人都将自身的前途命运与国家的远大前程结合起来，实现个人价值与社会价值的统一，才能使自己的抱负得以实现，才能使中华民族的伟大复兴早日到来。北京大学中文系毕业致辞中写道：“你所站立的地方，就是你的中国。你怎么样，中国便怎么样；你是什么，中国便是什么；你有光明，中国便不再黑暗。”当每个人都意识到，个人命运与国家前途必须紧密相连，中华民族便能焕发出无与伦比的斗志与勇气，中华民族便有了战胜一切困难与考验的能力。

传承五四精神，既是对前人的追思与崇敬，又是当世之人坚定信念、满怀信心，继往开来的不竭动力。民族精神是中华民族之魂，爱国主义是民族精神的核心，是中华民族的精神基因。今天，中国不乏“两弹元勋”邓稼先、“天眼之父”南仁东这样以爱国赤诚推动国家事业进步的大人物，也不乏许许多多爱岗敬业、牢记民族使命的“小人物”。坚定崇高理想信念，迎来的必定是事业的成功、民族的复兴。

理想指引人生方向，信念决定事业成败。一百年前，五四精神照亮天地；一百年后，五四精神仍熠熠生辉。让五四精神融入中华民族远大理想，承先人之伟愿，启民族之复兴。

互联网前，应有独立之精神

自古以来，人类生活在两个世界中：一个是现实世界，一个是精神世界。人们逐步改善着物质世界的生活，同时也不断开辟着自己的精神世界。而在今日，似乎有第三个世界逐渐进入了人们的生活，它就是网络世界。

网络的受众，已从二十年前的极少数人，扩大到了如今的大多数人。不论人们愿意与否，它早已渗入了人们的生活。尚有几岁的孩童，已能娴熟地用手机在互联网中探索；十余岁的伴着互联网发展而成长的青少年，更是与之有着深厚的“感情”；再年长者，互联网更是成为了一种创业工具、谋生手段；原本与其毫无联系的父辈和爷辈，此刻也在网络世界中不亦乐乎。互联网来势之汹，攻势之猛，强烈的冲击让我们不得不思考，该如何“趋吉避凶，化险为夷”。

互联网给人们带来的感受，朦朦胧胧，像是似曾相识。它既不同于现实世界，所接受的，不过是一些二手的信息；它亦不同于精神世界，所呈现的，其实也不是自己的能动感受。它仿佛是虚拟与现实的交汇，端坐桌前，便可览天下大事，侧卧席榻，尽可收宇内美景。撇开信息的广博，它甚至允许人们以崭新的自我出现在另一个崭新的世界。动动手指，注视屏幕，所得到的远远比需要付出的多。它是人们从未听说过的低成本、高回报，任劳任怨，听人驱使，于是按照惯性，人们会义无反顾地接纳它、依赖它、逐渐与它无法分割。

于渴望求知的人而言，互联网恰如刚刚发现的新大陆，它的信息量远远超出了任何一个人的想象，诚可谓是无涯之知。于是，脑中空白的窟窿被填上了，半信半疑的东西被板上钉钉了，浩瀚的信息之海铺天盖地地冲进了可怜的人脑，眩晕之际都没有几分喘息的机会。这不是件好事吗？余秋雨先生在答台湾大学生“闪问”时说，有学生认为网上的资讯会让自己更强大，然而，“那些资讯百分之九十九对你毫无用处，却把你占有了，你的‘强大’只是一种错觉”。不错，你以为你掌控了信息，实则是信息掌控了你。

冗杂的信息正如沉重的赘肉，食之无味弃之不觉可惜。它们占据着脑中的空间，以虚幻的真实充当真实的智慧，使人逐渐失去了对自己知识的感知，钝化了思维，更消磨了斗志。未经审视的信息，往往糟粕多于精华，偶然见之，智者能够刮垢磨光；但大量的低级信息朝你袭来，空洞背后却是一种深深的无力。狂风能够卷走戈壁上的黄沙，可永远带不走挺拔坚固的顽石。脑海中烟云般的信息，不是什么多多益善的稀世珍宝，而是掩人耳目的浓雾迷障。欲拨云见日，唯有在互联网前，坚守独立之精神。

“独立地面对天地生命，永不落伍；盲目地追随热闹潮流，很快凋谢。”互联网是信息，是见闻，是财富，更是遮天蔽日的思维之障。保持独立思考，坚持独立思想，互联网前，当有独立之精神。

天下之大，何物不美

从古至今，人类从未停止过对美的追求。

似乎自人类初生之时起，美就成为了深深根植于人脑海中的精神需求。早在远古时期，洋溢着混沌之粗野的采集者，就已知道将兽牙串成项链，会是一种精美的纹饰。时光推移，放眼西方，自爱琴河畔的勇士开始追求强健的肌肉，从此西方文明离不开对人体的崇拜。大陆东岸，晋人好风骨，唐人好荣华，宋人喜典雅。每当众人说起一个时代，总能迅速回忆起属于当朝的代名词。谈起“美”，客观标准竟已代替了事物本身。

然而，天下之大，何物不美？朱光潜曾言：“要见出事物本身的美，须把它摆到适当的距离之外去看。”对美的评判，绝不是一意孤行的板上钉钉。今人看古人，须重回古时；今人评古人，须纵观历史。美与丑的分辨，正如一千个读者有一千个哈姆雷特，此亦一是非，彼亦一是非。

老子曾言：“天下皆知美之为美，斯恶矣；皆知善之为善，斯不善矣。故有无相生，难易相成，长短相形，高下相倾，音声相和，前后相随。”美与丑相互对立，却也有统一的一面。盗跖为春秋末年奴隶起义领袖，据《庄子》记载，因其扰乱纲常，烧杀抢掠，孔子上门声讨，却被骂得灰溜溜离开。于生灵而言，食人心肝的盗跖可谓十恶不赦；但在那个礼崩乐坏、社会动荡的转型时期，他却又是历史发展的推动者。

欣赏一幅名画，需要纵观全局，欣赏一纸书法，需要把握整体。所谓“距离产生美”，若只知细谨，不知大行，便只能当个“庐山之中”的糊涂之人。柳永其人，流连莺燕之所，纵情声色，倚红偎翠，放荡一生，死后一贫如洗，甚至下葬都是十几歌妓出钱为之。在今天有些人看来，这种人生注定应受群起之攻。但不可否认，柳永是宋词史上一颗永不陨灭的夺目之星。若无柳永，浩大的宋词便被局限于狭窄的空间，词坛永远不会出现一位空前绝后的“白衣卿相”。柳永风流，但风流之外，人们更应看到的，是他对词、对万世文学的贡献。适当的距离之外，柳永之“美”便自然地显露而出。

人人皆有审美的需求，皆有审美的权利，亦皆有审美的标准。大千世界中，面对纷繁无穷的事物，难免会有固定的标准成为思考问题的主流。想要避免成为乌合之众，参考客观标准是必须，但与之同等重要的，是人独立思考与自主的权利。见出事物之美，需要个人的真知灼见；标准之外，更需重视理性精神。

美从远古开始，一直生于人心，长于人性。对美的评判，更从未停止。所谓丑的恶的，可以见出美来，别人所不喜的，亦可以见出美来。天下之大，有何物不美?

以平等之灯，点和谐之光

卢梭言：“人生而平等，却无往不在枷锁之中。”诚然，古往今来，无数仁人志士奔走在追寻平等的道路上，希望借来那一团熊熊燃烧的文明之火，用光明照亮阴霾密布的人世间。今日，生活在这个相对和谐的世界中的每一个人，都离不开那盏高悬的平等之灯。

平等，是人类社会的重要支柱。

何谓平等？没有恃强凌弱的咄咄逼人，没有弱肉强食的丛林法则，没有因血统产生的高下之别，有的只是一个个同样初生的人类灵魂。人与人之间，应具有同样的独立人格，人在社会中，应享有同样的权利，履行各自的义务。它让弱者面对强者时能免受剥削之苦，它让强者面对弱者时可不受道德绑架。

平等是历史发展的必然选择。亘古之时，无论东方还是西方，多数人匍匐在少数人的脚下，用身体与心灵的劳损换取奴隶主生活的享乐。但这残暴的时期必然会随着历史潮流的滚滚向前而被抛弃，取而代之的，是有了文明色彩的封建社会。但平等的光明仍然经受着阴影的遮蔽，天下的一切都被一家人收在囊中。经过漫长的时光演变，如今，平等终于成为了每个人心中的坚定信念。

平等是人们共同的追求。早在春秋战国时期，就有贤人提出“君舟民水”，“水能载舟，亦能覆舟”，不要以为君主就是高高在上的神，没有人民他什么也不是。在明清易代、矛盾尖锐之时，更有人呼喊“天下为主，君为客”，世界是每个人的世界，君主应该与庶民平等，人民才是这个世界真正的主人。放眼西方，古希腊的斯多亚学派早早地提出了“人人生而平等”的思想，启蒙运动中，伏尔泰、卢梭等大批思想家更是为了这一崇高的理想摇旗呐喊，为人类构建出了更加和谐的社会蓝图。

如今，我们理应对“平等”二字抱有崇敬之心。当下的社会，因为高考，人们有了一个相对公平的竞争空间，人们可以通过自己的努力获得优质的教育资源；在信息化的时代，每个人可以通过自身的奋斗，或是自主创业，实现理想，完善精神。平等来之不易，人人应当珍视之。

以平等之灯，点和谐之光。珍视平等，崇尚平等，人类社会离不开它普照的光明。

百川归海，源源不绝

——读《菊与刀》《吕著中国通史》有感

“百川东到海，何时复西归？”凡天下生机不断之江河，皆恒久地注入浩瀚邈远的大海之中。江河无海，则不知其所止，海无江河，则无以为常源。此乃自然之道，亦为人事之道。

在经济全球化日益深化、国际问题层出的今天，世界文化的交融早已成为一股不可阻挡的大势，逐渐奔涌进人们生活中的每一个不易察觉的角落。家中饰物，可以窥得异国纹理；手边用品，可以见得他国风情；步入学校，可以听到外语琅琅；漫步街头，可以一观世界文字。而身在异国，“中国制造”“鸿蒙”亦非难寻之物。世界文化仍然在源源不断地注入中国本土，中国文化亦时刻不停地融入世界文化，江海相会，气势滔天。

“极度好战又极度温和，极度黩武又极度爱美，极度粗鲁傲慢又彬彬有礼，极度死板又极度灵活，极度恭顺又极度讨厌被使唤，极度忠诚又极度反叛，极度勇敢又极度胆小，极度保守又极度喜欢新事物。”这是《菊与刀》中，人类学家本尼迪克特对日本心理的描述。二战中，他接受为美国研究日本的委托，了解日本人的天性。虽然初衷是为了知己知彼，保证战争胜利，但《菊与刀》被誉为“现代日本学的鼻祖”，具有不可磨灭的学术价值。

正如作者所说，想了解日本，难度非常大。二十世纪四十年代，世界市场虽然早已形成，但世界范围内的信息沟通能力与今日仍然没有可比性，何况，明治维新之后，日本的锁国政策废除自此不过七十五年，对远在太平洋彼岸的国家来说，日本自然迷雾重重。美国人与日本人的行为模式和思想观念，是如此的迥然不同，甚至存在根本上的差异。如上段看似矛盾的引言，却正构成了描写日本的基础。作为美国人，作者显然难以理解各种荒诞的场景；但作为人类学家，作者懂得何谓理解。

人类学家天生就肩负着求同存异的使命。“人类学家必须适应自己的文化和他人文化的巨大差异。”“即使是最怪异的习惯，也不妨碍人们去理解它。”一个民族之所以成为一个民族，有其自己的经验和价值观，是因为在面对另一个民族时，人类学家不认为自己的文化习俗理所当然，而是具有非凡的包容之心，同时具有铁石心肠。对其他文化的了解，会增进对自己文化的热爱，有了对自己文化充足的底气，进而便又会增进对差异的尊重。

我们不求站在人类学家一般的高度，完全理性地研究民族差异。但在世界文化激荡之下的风口浪尖，我们必须拥有对待不同文化的态度。《中国通史》中，吕思勉先生写道："在一种文化中的人，其所作所为，断不能出于这个文化模式之外……"借一国之文化，可观一国之社会，一国之社会铸就一国之文化。而今世界大同，文化合流为历史大势，是毫无疑问的。在如今史无前例的文化交流互织之下，发扬本国文化，适应文化差异，并存"铁石心肠"与"包容之心"，早已不仅是人类学家之学术研究，更是普天之下人人应有的认识。江有源，海无竭，江也东去，其势已定。

江海相会，气势滔天，百川归海，源源不绝。

接受更多理性洗礼

——读《近代中国社会的新陈代谢》有感

接触真正意义上的史学研究性著作，《近代中国社会的新陈代谢》是第一部。

研究类著作于我而言，其最鲜明的特点是文字具有的理性色彩。认真品味，人的思维能在潜移默化中得到理性的塑造，得以被渲染上几分理性的光辉。此前的高中阶段，类似（不知是否真正类似）的著作，仔细读过的有尤瓦尔·赫拉利的简史三部曲《人类简史》《未来简史》和《今日简史》。三本书从人类的过去、未来与今日凸显的问题三个角度，由作者历史学家的身份，给我带来了许多次饕餮盛宴。文字的理性与灵动，思想的理性与深刻，新颖独到的见解和概念，让人觉得灵魂都得到了升华。三本书，我粗略读了四五遍，仍觉未能全部领会，初学者的浮躁就把我引向了迷人的未知远方。一边是脑海中的意犹未尽，一边是追求新书的欲望，我迫不及待地想接受更多理性的洗礼。百转千回之间，《近代中国的新陈代谢》这本书悄然出现了。

《近代中国社会的新陈代谢》这本书，帅老在课上多次推荐，考卷上、教辅上多次出现，让我又想一睹其尊容。但由于想读的书实在太多，学校里的空余时间全部送给了早先决定好的其余几本，谁知寒假作业里竟然出现了这本书的选项。借此机会，我得以了解它。

从序言中便可窥见这本书的分量。“我认为哲学演变的根源要到社会史中去找，历史演变的规律要借助哲学的思辨来把握。”想来这又是一坛能让我这贪求理性的人沉醉的醇香甘醴。“有了这种民主态度，思想上的束缚解除了，眼睛不受蒙蔽，于是发挥史学家的良知来写信史，说真话，自由讨论，实事求是，史学才能真正成为科学。”《近代中国社会的新陈代谢》一书，就是作者解放思想，敢于摒弃旧的僵化的框框而代之以生动的线索的产物。前人的路，后人无法一一走过，但后人可以借鉴前人的路子，进而产生自己新的思想。

个人回想中国和西方的历史，看着历史书上一个一个的时间节点，大致可以感受到，同样是十八十九世纪发生的事，中国的，只觉得更为冗长，距离更加遥远；西方的，就显得较为简洁，距离感相对而言小了许多。果然，书中开篇就指出："中国的封建社会是漫长的。漫长，是与西方相比所得的结论。"在西方，世界历史进入新的时期是以1640年英国革命的胜利为转折点的，这标志着资本主义制度开始取代封建制度。而将目光横移到华夏大地，正值明清交替之时，虽然出现了资本主义的萌芽，但本质上仍然只是王朝的更迭，是身世家国之变，"历史仍在旧圈子里徐徐地盘旋而行"。这个"盘旋"，就是在封建制度下的不断"亡国"，要到两百年后，英军叩关，中国才进入了一个不能称作资本主义社会的"变态社会"。在这期间，中国的山河城镇上却是景物依旧："成千上万胼手胝足、辗转沟壑的小农背负着一代一代讴歌唐虞盛世，高谈名物考据或性心理义的士人。"这就是因成熟过度而慢慢腐烂的旧世界。

这一章，以我极其粗浅的历史皮毛知识来看，大致仍然是那几个熟悉的词语："生产力（经济）、政治、文化以及土地和社会组织。"以第一节总述，剩下四节从四个不同角度入手，概述了漫长封建社会的轮廓。以第二节的"土地私有和买卖"为例，这篇结构极其严谨。土地的分配与劳动付出的结合极不平等，地主和农民最为典型。地主隔省占田，另一头，农民深处失去土地的悲哀中。在这种常态下，小农因为土地，成为农，破碎的土地又限制着农的视野与发展，使其小。进而，作者在此处提出了小农经济的三个内涵与本色，阐述了它蕴含于保守性中的稳定性。但此时看看西方，中国处在自然经济中的小农为何没有受到商品的影响呢？与西欧、印度相比，中国封建社会经济构造有其显著特点：土地在地主与农民之间不断地集中、分散。伴随土地的这种不稳定状态的，是在对立的经济等级之间的个别成员可以对流。连用的几个例子，从帝王将相，到平民百姓，有正例，有反例。

小农经济，有其内在稳定性，有其外在的不稳定性，甚至还有小农的事业感情和理想境界。这难道同封建社会的长期延续没有关系吗？

豪华落尽见真淳

——《边城》人物形象浅析

读罢《边城》一文，回味悠长，意蕴无穷。

正如文末所说，“这个人也许永远不回来了，也许‘明天’回来！”当合上书本，脑海中挥之不去的，是文中一个又一个活蹦乱跳的形象。聪明伶俐、乖巧狡黠的翠翠，古道热肠、勤劳朴实的爷爷……仿佛他们的一言一行仍然在读者身边环绕，人们会一次又一次地思索那个“使翠翠在噩梦里把灵魂轻轻浮起的年轻人”，究竟何时才是归期。

结尾一句画龙点睛之笔，诚可谓“清水出芙蓉，天然去雕饰”，更可谓“一语天然万古新，豪华落尽见真淳”。文字是极为朴实的文字，却将人们的思绪引向了无穷邈远的故事尽头。文末的这句话，不仅承载了读者的想象空间，更是全文语言风格的一个浓缩。作者用清新朴实，却又不失灵动跳跃的语言，勾勒出了一个个活灵活现的人物。对话富有人情味，动作富有传神美，神态富有延伸性，这便是边城人物形象最大的特点：真实而灵动。

翠　翠

作为文章最主要的人物形象，翠翠给我最大的感受，就是这个人的真性情。“翠翠在风日里长养着，把皮肤变得黑黑的，触目为青山绿水，一对眸子清明如水晶，自然既长养她且教育她。为人天真活泼，处处俨然一只小兽物。人又那么乖，和山头黄麂一样……”作者的这段描写，将翠翠的情态勾勒得淋漓尽致。湘西的山水，自然的造化，将翠翠润泽得如水晶般清明。翠翠的性格，在宽旷的自然里，得到了最大限度的保持，是一个纯粹的本真者。《边城》开头的这段总述，在后文有了更为详尽的表达。

“平生不会相思，才会相思，便害相思。身似浮云，心如飞絮，气若游丝。”翠翠的情窦初开，没有丝毫胭脂俗粉的虚伪做作，这正是她本真性格的一种流露。“在成熟的生命中，觉得好像缺了什么。”“好像生活太平凡了，忍受不住。于是胡思乱想：下桃源县，过洞庭湖。”听爷爷讲父母年轻时的故事，属于年轻人萌动的心顿时心猿意马，生长于自然之中的她，理所当然地渴望属于自己的更高幸福。“她看天上的红云，听着渡口飘来外乡生意人的杂乱声音，心中有些薄薄的凄凉。”因为没有人能够理解这位思春少女的情怀，所以她感到“这日子成为痛苦的东西了”。纵使爷爷嘘寒问暖，无微不至，但翠翠正萌动的心怎是他人得以理解的呢？

翠翠本真的特点，除了情感的萌动之外，还有不同方面的体现。按照中国传统的婚订习俗，翠翠本应嫁给爷爷指定的大老，加上媒人的从中牵线，这更是威力无穷的婚约。但翠翠的本真，使其只听从她属于自己的内心声音。她不因世俗的道德观、价值观而违背自己的心声，与传统的中国妇女截然不同，因为二老，因为本真，她奋力追寻属于自己的爱情。此外，她正当青春，面对爷爷不失时机的委婉引导，她“不能忘记”；面对爷爷旁敲侧击地询问，她会闪烁其词地表明态度。当爷爷提及傩送向她攀交情的时候，先是“吃了一惊”，然后借故走开。她会把夜晚听到的为她而唱的爱情，当作梦境讲给爷爷；她会把自己未来幸福的担忧融合在对爷爷的依恋中讲给他听……

爷　爷

爷爷是中国劳动人民的杰出代表。他勤劳，朴实，善良，乐于助人，憨厚、恪守本分。生活虽然清贫，但他却从不贪心，知足常乐；乐善好施，却从不索取。一生为他人服务，却不图别人的一丝报答。对于自己的女儿和外孙女，他疼爱有加，把自己的整个身心都给了她们。十七年前，当他的独生女背着自己与驻防的一名绿营兵恋爱，有了小孩子后，他“却不加上一个有分量的字眼儿，只作为并不听到过这事情一样，仍然把日子很平静地过下去”。后来，士兵死于暴病，女儿为之殉情，他又毫不犹豫地负起了抚养外孙女的责任。随着岁月的流逝，转眼间，外孙女已出落成了一个如她母亲一样美丽的少女。从此，在老船夫的心里又多了一层心事：为翠翠找一个如意郎君。

为此他不辞辛苦，竭尽全力周旋于翠翠、天保、傩送、船总顺顺和杨马兵之间。无意中为孙女的婚事设置了一些障碍，导致了一系列的误会，最终酿成了傩送与翠翠的爱情悲剧。他带着万般的无奈和无限的愧疚悄悄地离开了人世。老船夫慈祥、敦厚、善良、凡事但求心安理得的良好品德仿佛就是我们中华民族美德的化身；他对女儿、外孙女无私的爱仿佛就是我们炎黄子孙祖祖辈辈、生生息息得以繁衍的血缘纽带。从他的身上我们看到了中华民族那原始而又纯朴的人性之美。

青年光明，则国光明

老师们，同学们：

你们好！人们常说自古英雄出少年，少年强，则国强，我对此深信不疑。少年与青年是一个国家的新鲜血液，壮年与老年是一个国家的中流砥柱。国家有基础，有后盾，还需要旺盛的生命力提供不竭动力。

近日来，我校校刊《明日之星》开展了“和英雄对话，与英雄同行”主题征文活动，希望学子领悟英雄的精神，如英雄一般砥砺前行。我想将我的所思所感分享给全校同学，分享给即将成为英雄的你们。

何谓英雄？纵观华夏大地，人杰地灵，古往今来人才辈出。上古有三皇五帝，教诲黎民，神农以身试毒，遍尝百草；燧人钻木取火，天下光明。他们虽是英雄，并非我想谈论的英雄。古代有群雄杀伐，逐鹿中原。楚汉相争，亭长一统，项王刎于乌江；三国鼎立，孙刘败魏，终为晋氏所代。他们是枭雄，亦非我想谈论的英雄。

我想说的英雄，不必志在生养百姓，不必志在一统天下。他不是声名显赫者，也不是富可敌国者。他可以有一腔热血，可以有高远信念，也许尚且稚嫩，也未必深谙世事，洞察人心。他们如旭日初升，是少年的英雄。

观之古代，少年们头角峥嵘，诚可谓俊采星驰。在文学领域，贾谊写两汉无双政论，王勃赋千古流传名篇，皆不过而立之年。若说这是天才的创作，常人不可企及，察之近代，毛泽东二十八岁参加中共一大，邓小平十八岁加入少年共产党，成为近代革命的先驱。若说这是历史伟人，旷古绝今。试看今朝，新冠肺炎疫情防控期间，外卖小哥穿梭于大街小巷，为城镇运送救援物资，青年志愿者遍布在城市的每一个角落，为同胞汇聚力量。社区工作者、环卫工人与至关重要的医护人员，都只比我们稍稍年长，而他们正是真正的英雄。

和英雄对话，与英雄同行，需要我们每一个人用心观察，用心体会。在我们的前方，他们为我们指引前行的路；在我们的身后，他们为我们奠定坚实的根基。让英雄成为一种追求，是我们应该具备的信念。英雄并不遥远，他们就在我们身边。

同学们，每一个未来的英雄，都要谨记：你是什么，中国就是什么。你有光明，中国就不会黑暗。

劳动精神永存于心

亲爱的同学们：

大家好！

很荣幸能和大家分享我对劳动的看法。值得我们每一个人高兴的是，劳动的价值在今日，仍然是绝大多数人的精神追求。然而，社会在矛盾运动中发展前行，正如一些幼稚的、误入歧途的思想总会存在于历史发展的各个阶段，一些人关于劳动的不成熟的思想，是我们必须深思，并予以批驳的。唯有如此，我们才不会辜负这个时代，才能创造出一个更加文明而伟大的社会。

热爱劳动，让劳动精神永存于心，必须是我们心中永远的精神追求。

纵观历史，我们不难得出，人类文明的发展史，实则就是人类的劳动史。当人们在生产实践中不断提高了自身的素质，不断改进了劳动工具，不断开辟出更广阔的劳动对象，也就实现了人类文明、人类社会的一次又一次发展。远古时分，采集者祖先于茫茫荒野上劳动，他们在自然的压迫下不得不开发自己的体能，用身体换生存。农耕文明开始后，春耕夏种，秋收冬藏，更成为了人类固定的生活规律。刀耕火种的没落、铁犁牛耕的兴起，这之后诸如曲辕犁、筒车等各种劳动工具的发明，更提高了人们的劳动效率，大大发展了社会生产力，社会进步便水到渠成。然而，技术进步没有使人们对劳动的要求降低，反而推动人们走在寻求更先进的劳动技术的路上。

今天，一些同学认为繁忙的学习使自己没有劳动的时间。学业的负担，作为客观条件的限制，确实是我们无法否认的问题。然而，学业与劳动并非冲突，学习的过程实则体现了劳动的精神。

劳动作为实践，是人们在客观世界所进行的物质活动，但它何尝不是需要人们深深根植在脑海中的信念和追求？高中的学习压力大，负担重，但同学们在克服压力、打破桎梏的过程中所展现出的攻坚克难的勇气、坚忍不拔的毅力，却是劳动精神的重要组成部分。此外，今天的学习，是为了明天更好地劳动。若是单纯认为劳动挤压了学习时间，却没有认识到学习与劳动的关系，忽视了劳动的精神内涵，在将来，可能会产生不堪设想的后果。

科技进步带来的人工智能，确实让人的压力减小，劳动的重要性，似乎会不如以往，但这同样是未能深刻理解劳动的精神内涵的表现。而因为怕苦怕累而逃避劳动，更是一种不成熟的、不理性的思想。劳动，应当是每个人都具备的素质，它不仅仅体现在具体的劳动能力上，更体现在人们对劳动的看法上，体现在人心中对劳动精神的信念与追求上。

人在劳动中创造价值，社会在劳动中进步。实现中华民族的伟大复兴，离不开劳动，更离不开我们每个人对劳动精神的坚持。同学们，当我们回首一生，不为虚度年华而悔恨，也不因碌碌无为羞耻，因为劳动精神永存于心。

谢谢大家！

一脉相传，化古育今

亲爱的交流生同学们：

你们好！欢迎你们远道而来，在我校交流学习。

你们正站立的地方，是学校，更是中国。中国是一个古老的国度，也是一个充满了生命力的新生国家。你们所了解的中国，当下目睹的中国，也许更多的是“高铁”，是“网购”，是“移动支付”“共享单车”。但科技的进步只是这个新生的文明古国的冰山一角，今天我想讲述的，是中华民族一脉相传，化古育今的中华文化。

日之升矣，于彼东方，纵有千古，横有八荒。中国五千年的悠久历史，铸就了源远流长、博大精深的中华文化。上至春秋战国，诸子百家自由争鸣，下至近代民国，新文化运动如火如荼，悠久的中华文化在对自身批判性的继承中获得长足发展，深刻影响着中华民族的思维方式与行为方式；与此同时，中华文化逐渐名扬海外，国际影响力与日俱增，越来越多的国家认同了中华智慧，为世界文化的多样性添上了浓墨重彩的一笔。

中华文化深刻地影响着今天的中国社会。作为历朝历代的主流思想，儒家是提及中华文化无法回避的话题。各位同学可能听说过古代的“八股取士”与“文字狱”，它禁锢人的思想，与西方的民主启蒙思想截然不同——但这样的变态发育已经抵达封建王朝的末代。溯回儒学之源，孔子梦回三代，提出了“仁”与“礼”的学说。简单生发，可说通过“达则兼济天下”“和而不同”达到“天下为公”“不独亲其亲”的大同社会。这与大家熟知的“民主”有异曲同工之妙。当人心充满仁爱，自然无需强权的管理；人人心怀天下，仁德者成为天下的管理者，这便是儒学的精神内核。

中华文化深刻地影响着今天的国际社会。据调查，来华求学的留学生中，首要关注的热词便有“一带一路”，它确实是联系中华文化与国际社会的载体。自汉武帝派遣张骞出使西域，“一带一路”的建构就开始了。秉承政治与军事功能的它，今日是促进沿线各国经济发展的纽带，中国文化强调“美美与共”“开放包容”，体现出今人希望“一带一路”能再现大唐盛世开放恢宏的气象。中国文化的“达则兼济天下”，追求“发展共享、互利共赢”，正体现在“一带一路”国家广泛开展的合作中。它不为我国独享国家利益，更在共同利益的基础上，带动沿线各国共同发展，加强国际交流，以期望达到构建“人类命运共同体”的目标。

今日之中国，传承先人之美德，借鉴古人之智慧，完善着自己，改变着世界。有朋自远方来，不亦乐乎？愿同各位共同见证中华民族之复兴，领略中华文化之魅力！

谢谢大家！

承先贤之文化，启文明之复兴

——“弘扬文化”倡议书

中华中学的全体同学：

你们好！

当今世界，思想交融，文化激荡。世界文化的波涛浩浩汤汤朝我们奔涌而来。当各色信息充斥双眼，各类声音充斥双耳，我们迫切地需要静下心来，扪心自问：我们的中华文化身在何处？顺应时代大势，弘扬优秀传统文化，校学生会倡议大家，弘扬文化，从我做起。

习近平总书记曾言：“一个民族，一个国家，不能没有灵魂。”文化是一国之命脉，亦是一国之根基。中华民族之所以绵延不绝，是因为我们血脉中的文化基因。当下，舶来的文化悄无声息地将我们笼罩，我们必须守护好我们的文化根脉，承先贤之文化，启文明之复兴。

实践证明，中华文化具有不竭的活力和旺盛的生命力，博大精深，源远流长。纵有千古，横有八荒，无数先贤给我们留下了取之不尽的文化宝藏，春秋谨严，左氏浮夸，易奇而法，诗正而葩。儒家济世，佛老治心，千年前百家争鸣构筑了中华民族的精神认同。庄生恣肆，文以汪洋荡人心，太白瑰丽，诗成明月见青天。琴棋书画，骈散诗曲，充盈了中华民族的精神世界。我们有底气，也必须自信，中华文化从上古劈波斩浪踏水而来，历经时间检验仍焕发着蓬勃生机。

传统文化取之不尽，但其并非用之不竭。今日社会非彼时之社会，今人思想亦非彼人之思想，让传统文化与今日社会相适应，挖掘优秀传统文化的内涵，是我们每一位同学义不容辞的责任。文化不加继承，正如树木失去了树根；文化不创新，便如同失去了源头的死水。要让中华优秀传统文化展现出永久魅力与时代风采，必须深入挖掘其内部活跃的因素。

人们常说现代人生活浮躁，心无所止，为何不学学古人赌书泼茶，坐而论道？人们常说现代社会金钱至上，亲情淡薄，为何不看看古人弘扬孝道，褒扬道德？中华文化蕴含着丰富的思想观念、人文精神与道德规范，需要我们积极探索，发现其永不褪色的时代价值，为世界文化的繁荣与多样性贡献一份中国智慧。

文化兴国运兴，文化强民族强。同学们，让中华优秀传统文化与今日社会相适应，推动传统文化创造性转化、创新性发展，是我们共同的责任和义务。弘扬中华文化，从我做起，让我们承先贤之文化，启文明之复兴！

中华中学学生会

2019年12月

后浪汤汤，其势滔天

——我为00后代言

荀子曾言：“青，取之于蓝，而青于蓝；冰，水为之，而寒于水。”这讲的是学习的道理。类比人类社会的发展，常言道：“长江后浪推前浪。”江水逝者如斯，不舍昼夜，依靠的正是充满蓬勃生命力的后浪。

作为00后的一分子，有幸成为后浪中的一朵水花，我认为，后浪汤汤，其势滔天，00后必将不负众望，承担新时代的使命，推动祖国繁荣发展。

“流水不腐，户枢不蠹”，运动是物质的固有属性和存在方式。中国之所以能取得一个个举世瞩目的成就，人类社会之所以能保持不断发展的趋势，就在于代代新生生命具有旺盛的生命力和不竭的动力。他们是时代发展中的后浪，声如雷霆，吞天沃日，势极雄豪。

后浪推动前浪，进而江河流转，时空轮回，这是人类社会发展的一般规律。然而，新事物的发展并不是一帆风顺的。“沉舟侧畔千帆过，病树前头万木春。”后浪要成长为滔天巨浪，势必经历曲折和磨炼。

00后有个性，而有实力的个性叫张扬，没有实力的个性叫张狂。没有人生来就具有强大实力，00后大多尚且年少，但以发展的眼光观之，在和平与发展的时代背景下，在繁荣强大的国家支撑下，在经济社会不断发展的物质基础之上，00后的未来将难以估量，发展出足以支撑个性的实力。

00后有能力，但能抗压的能力方能百折不挠，不能抗压的能力仅为镜花水月。当今天下，群英荟萃，百舸争流，俊采星驰。时代给予了00后们前无古人的广阔平台，同时也带来了残酷的竞争压力。今天的竞争已非单纯的能力竞争，在就业形势十分严峻的当下，能够抵抗高压，是脱颖而出的必要条件。

“时代潮流浩浩汤汤，顺之则昌，逆之则亡。”我们不能以苛求的眼光对待00后，正如00后不能以渴求的眼光要求自己出生在一个早已完善的共产主义社会一般。事物都有两面性，科技进步，创新驱动，为经济社会发展提供智慧支撑；其必然带来消极影响，沉迷于虚拟世界的宅男宅女不过是消极影响的众多表现之一。

奔涌的后浪接过时代的接力棒，正暗中积蓄能量。涉浅水者见鱼虾，涉深水者见蛟龙，提升能力，提高抗压能力，方见后浪汤汤，其势滔天。

以技传人，以德育人

高考前，老师与学生正共度最后一课。学生们正伏案苦读，桌上的书本堆积如山，老师温情地叮嘱学生："你们再看看书，我再看看你们。"动容之余，感叹之外，更加令人触动的，是老师与学生间的情谊。"看看书"与"看看你们"，前者是高考前箭在弦上的紧张气氛，后者是师生三年深厚的师生情，其背后是真正的"师道"所在。

以技传人，以德育人，师道自在其中矣。

从古至今，从东方到西方，人皆有其师。采集者师法自然，在自然的磨炼中获得生存的权利；农耕者熟知百草，在田地里播种生命的延续。人们以物为师，亦以人为师。在古希腊，智者学派教授雄辩术、修辞学，让那些能言善辩的公民拥有更多的政治权利；先秦时，无数先贤教化士人、修炼身心，希望能在那个动荡的转型社会中为自己的抱负发声。然而，正如以自然为师，有采集、狩猎与农耕的差别，以人为师，同样也有诸多差别。“授其句读”固然为师之根本，更加重要的，却是教书育人的德行。

以德育人，是人们永世不断的呼唤与追求。在老师层面，传授“技”，就是授人知识、授人技术、授人能力，教化“德”，则是予人品质、予人追求、予人精神。老师往往能教会形而下的“技”，却很难传递形而上的、更加重要的“德”。古希腊时，智者学派教学生雄辩术，目的是能在政坛获得立锥之地。他们固然为逻辑学、修辞学做出了巨大贡献，可同时也造成雅典世风日下、道德败坏的局面，这就是他们只知“技”而不知“德”的后果。同时期的苏格拉底对此大加批判，呼吁“美德即知识”，要求人们重视德行。以德育人，从短期看，可能只会促进些许学生的成长，但随着时间的推移，熏陶的是整个社会的精神修养。

以德育人，是使人们融入社会的基石与桥梁。在学生层面，“技”的高下无非决定个人能力的强弱，但绝不能决定品德与人情。学校里，老师与学生的情谊，是学生心理成长中不可或缺的一部分。当一天的二十四个小时，有十几个小时都在学校中度过，学生的人格在此受到了不容小觑的塑造。作为长辈的老师，与同辈的同学是两个不同的人群，长辈对晚辈的影响，正同潜移默化中老师对学生的影响一样，必定会促成学生性情与品格的完善。俗话说“一日为师，终身为父”，固然有尊师重教的初衷，但也可窥见老师对学生精神世界的巨大作用。以德育人，化育人之人心。

十年树木，百年树人。在繁忙学业外，更珍贵的是师之德，生之情。师道何谓？以技传人，以德育人。

贵师重傅，立人兴国

随着中共中央、国务院印发《中小学教师实施教育惩戒规则》，教师的教育惩戒权将被明确。教育惩戒将作为教师教书育人的重要方式正式进入学校，不能不发人深思。

细究此理，教育惩戒必会成为教师的有力助力，但只有真正形成了尊师重教的社会风气，方可培育人才，繁荣国运。

将欲兴国，必尊师重教。当下，教师一行面临巨大的从业压力，从精神至身体都承担重压。无论是教师因为责罚学生被打，还是学生不堪责罚而自杀，都反映出教师一行缺乏有效的管理手段与安全保障。教育惩戒权的明确，在很大程度上改善了教师的生存现状，但这并非十全十美。

教育惩戒权固然有其优点，但它不能成为维护师生关系的主要手段。师生关系的协调，需要硬性手段作为支撑，更需要温和的方式作为主体。惩戒与感化二者缺一不可。

行使教育惩戒权，能够直接树立教师威信，在短期内形成尊重师长的环境。自古代，中国的教师就把用戒尺惩戒学生作为一种教育手段，可见惩戒是必不可少的措施。宋濂求学，师从德高望重的博学之士，严厉的老师在众学生簇拥下向来板着脸孔，宋濂也不敢“出一言以复”，最终仍然学有所成。教育惩戒维护的教师权威，能够起到维护教师形象，保障课堂秩序的作用，但毕竟不是长远之计。

教育惩戒，不如以德育人。今天的呵斥和惩罚能在短时间内震慑学生，但一个月、一年后，效果就荡然无存。古语云：“夫子循循然善诱人。”循循善诱，耳濡目染，教师用自己崇高的精神感化学生，便能在潜移默化中为学生塑造出美好的精神世界。“十年树木，百年树人。”育人不易，但纯洁智慧的心灵一经形成，就具有了一生的效用。尊师重教之风气自然就不必担忧无法养成了。

尊师重教，方得人立国兴。当教育惩戒权行将明确，尊师重教的氛围还未形成，我们仍应将目光投向物质惩戒外的精神世界。

下篇

人生之道

我心中的家与国

近来和朋友闲谈，他说现在很多中国年轻人的家国情怀越来越淡了。他把这种现象视作盛世之下越来越强大的文化包容性的体现，有些许欣慰的味道。作为同样渴望怒放的多样文化的年轻人，我也感到十分愉悦，且希望在可能的范围内，这种璀璨的多样性能够迸发出绮丽的光彩。

然而，我们需要冷静地深思。海纳百川的包容性固然令人垂涎，但以淡化家国情怀作为交换的代价，得来的终究不过水中月，镜中花。倘若淡薄了家与国，怎有所谓的多样文化。自我安身立命的根基摧毁了，又何来繁荣的文化盛筵呢？

何谓家国情怀？它不是对自身文化的故步自封。人在看清了家与国的关系后，对这种联系由衷产生了信任，进而催生出主动维持的动力。长此以往，这种动力便深化成了情感。由于人民、文化、语言、地理的不同，不同的领土上被划分出了不同的“国”。“家”，则是天然地聚居在一国之内的人们形成的最小社会单位。简而言之，人们说的话相同，传承的文化相同，在许多方面都相似的人各自以血缘为中心，世世代代共同生活在同一片土地上，于是有了“家”与“国”的联系。

纵观历史，前人早已对他们理解的家国做了最生动的阐述。阴风怒号，浊浪排空，有人在摧折的茅屋内悲鸣，以“吾庐独破受冻死亦足”为天下苍生发愿。雪染双鬓，猎场酒酣，有人以前人之事明志，当为国“亲射虎，看孙郎”。四起的角声里，悠悠的羌管拨弄着远征的将士们茫茫的愁绪；翻滚的海面上，起伏无端的波澜映照着决绝的铁血丹心。心系黎民，舍身报国，家在国下，国在家前，家与国紧密相连，不可分割。

立足当下，今人正在践行着他们的家国观念。国家有难，举国相助。每个人都行动了起来，或出声，或力行，用小家的点滴聚成了大国的汪洋。

今天，我们仍旧需要家国情怀，我们仍旧需要审慎地厘清家与国的关系。它不仅仅是一国文化繁衍的根基，更是一国至关重要的情感纽带。利家须利国，利国当利家。

燃起理想的明灯

理想是帆，它在长风中带给我们破浪的力量；理想是火，它在黑暗中带给我们生存的希望。理想是一盏明灯，我们必须朝着它前行。

理想能引领我们走向成功。通往成功的路上，我们常常会遇到诸多困境，每一个看起来微不足道的阻挠，汇聚起来都会成为我们前进的强大阻力，而理想，就是我们的力量源泉，是将我们引向成功彼岸的渡船。“宝剑锋从磨砺出，梅花香自苦寒来。”范仲淹年少读书时，家中贫寒，食不果腹。早晚两餐，只以冰冷的稀饭充饥，没有菜，就切一些咸菜下饭。艰苦条件下，他仍然勤学苦读，最终成了参知政事和著名的文学家。范仲淹类的事例在古代并不少见。一代

“书圣”王羲之练习书法，常常临池洗砚，久而久之，池水尽黑，人称“墨池”。他们以理想为帆，化辛勤为舟，驰骋在中华民族的文学史和书法史上。老子曾言，“合抱之木，生于毫末；九层之台，起于累土；千里之行，始于足下”。我们每个人都懂得这样的道理，但只有怀揣理想的人能将之付诸实践。一个有理想的人，不一定能成功，但一个没有理想的人，注定是极难成功的。

理想能让我们拥有无法磨灭的信念和毅力。常言凤凰涅槃，死而后生。有时一个巨大的挫折，会使我们抬不起头，有时一个巨大的失败，会使我们迈不开腿。在我们看来，希望已经是那么渺茫时，理想就是让我们重生的涅槃之火。苏武奉帝命出使匈奴被扣留，被逼在北海放羊。冰天雪地之中，他与象征汉朝的节仗为伴，十九年过去，终于能够回归故国。苏武凭着对汉朝忠诚的信念，凭着对自己内心的坚守，在严寒的贝加尔湖畔绽放出了熊熊的生之火焰，照亮了自己通向中原的路。贝多芬曾直言：“我要扼住命运的咽喉。”他成功了，他身患一个音乐家闻之色变的疾病——耳聋，却坚定着自己对音乐的热忱，成为音乐天空上一颗永不坠落的璀璨之星。理想使人不灭，理想使人永生。

“有志者事竟成，破釜沉舟，百二秦关终属楚；苦心人天不负，卧薪尝胆，三千越甲可吞吴。”理想无形，我们永远不可见，也不可闻，但别因此让它熄灭在我们心里。燃起心中的明灯，便能长风破浪，凤凰涅槃。

信念成就人生

正如大海航行靠灯塔，人生的征途离不开信念的指导。信念，给人自强不息的斗志，给人坚韧不拔的毅力，引人奋发前行，使人百折不挠。

我认为，信念成就人生。

何谓信念？《易经》有言，“天行健，君子以自强不息”，这是开拓进取的意志；《老子》有言，“天道无亲，常与善人”，这是催人行善的劝诫；尼采曾言，“每一个不曾起舞的日子，都是对生命的辜负”，这是绽放生命的信仰。所有种种，凡发人深省，点醒灵魂，进而成为行为方法，生活指南者，皆可称为信念。因为这种强大的精神动力，人获得了无穷的斗志，与不朽的毅力。缺失这一股精神的涌泉，人则会麻木不仁，沦为平庸。

坚定信念，给人自强不息的斗志。相信万事万物都有一种本能的生长动力，一切事物的发展永远朝着好的方向，是人们普遍共有的一种信念。在它的指导下，人生不会丧失动力，取而代之的是源源不断的力量支撑着人们前行。《钢铁是怎样炼成的》一书中，主人公保尔·柯察金曾言，“一个人的一生应当是这样度过的：当他回首往事的时候，不会因为虚度年华而悔恨，也不会因为碌碌无为而羞愧”。保尔的一生都在“为全人类的解放而斗争”，牛虻的斗志，就是保尔信念的体现。这种斗志，是千百年来人类历史进步的重要因素，它支撑着人和事永远朝着一个更美好的方向发展。

坚定信念，给人坚忍不拔的毅力。在肉体上摧毁一个人很简单，人毕竟是生物，生命只有一次；而在精神上摧毁一个人的困难与否，就在于他是否具有坚忍不拔的信念。正如人一切的身体活动，离不开大脑的指挥，人一切有意识的活动，则必须有不可摧折的顽强信念于前路披荆斩棘。愚公移山，精卫填海，一座万仞险峰与一筐石，一粒沙与一片汪洋大海，非有坚定信念者不能为之。苏武牧羊十九年，冰雪深锁，衣食无安，只要肯投降匈奴，便有金钱万贯，马畜弥山。昔日同朝文武，受着匈奴的封赏，苏武却凭心中对大汉的忠诚，生生熬过十九年。若无毅力，何来忠诚？若非信念，无谓气节。

时至今日，在一个信念面临遗失危机的时代，我们迫切地需要重拾心中的信念，坚定心中的信念。理想决定人生的方向，信念决定事业的成败。信念成就人生，我们必须坚守信念。

文明的韧性

在历史长河中荡涤，于千秋岁月中淬炼，见星河斗转之后，豪华落尽，真淳方现，人类文明从此便有了挣脱时间之桎梏的灵魂——韧性。

文明不能没有韧性。没有韧性的文明如同截断源流的泉水，几经四时轮转，就会永远失去奔涌的活力；没有韧性的文明如同与世隔绝的云雾，无风吹拂，只得慢慢深陷沉重的挣扎。人们的精神世界瞬息万变，社会现实也处于不断的变化之中，缺少韧性的文明，是几页零散的遗作，永远无法成为一本旷世巨著，在血脉中传承。放眼历史，坚韧的文明蒙羞受辱，但本为凤凰，自有涅槃之日；破碎的文明身处世外，却无法与世界潮流相适。文明必有韧性，缺少韧性的文明不能称其为文明。

中华文明是有韧性的。自上古以至近代，中华文明的宝库诚可谓取之不尽，用之不竭。中华民族从不缺少磨难，但中华民族也从不缺少磨难之后的新生。坚韧的中华民族，塑造了与他一样坚韧的文明。

文明的韧性需要历史的积淀。泱泱华夏，纵有千古，横有八荒。自黄帝诞生之前，无数先民便已在这片土地上开始了耕作的生活。逐鹿之后，炎黄子孙逐渐成为了华夏大地上每一个人的名字。中华民族的历史以惊人的延续性，贯穿五千年而愈加生机焕发。从起初的禅让，到后来的世袭，再到如今，其中固然不乏血与泪，不乏战与火，但中华文明早已千磨百炼而不衰。

文明的韧性需要文化的浸润。周以前，《尚书》已出，周之后，便是群英云起，百家争鸣。在那个遥远的轴心时代，华夏大地上同样有璀璨的思想家辈出。儒者济世，用一个上古的大礼之梦力图重构颠倒的秩序；道家弃世，用无为的眼光看透那些金戈铁马的刍狗；法家匡世，以两面三刀之术辅佐诸王；墨家劳世，以身体力行实现个人与社会的抱负。随后武帝一令，百家尽黜，儒学不断发展，终于在人们头脑中根深蒂固，中华文明强大的韧性便也渐渐稳定。

近代以来，海上的炮火轰开了紧锁的国门，海洋的一切与外界的一切一并涌了进来。绵延数千年的中华文明，终于受到了一个又一个致命的挑战。清人开了眼，“师夷长技以制夷”，后来办洋务，“师夷长技以自强”，可终究到了半死不活的地步。中华文明从未遭受过如此巨大的挑战，也不曾遭受过如此巨大的批判。西学纷纷涌入中国，反对中学的声音此起彼伏，甚至有人主张全盘否定。但中华文明再一次撑过了这一切，凭借的依然是文明的韧性。

今天，文化软实力在综合国力中的作用越来越突出。实现中华民族的伟大复兴，既需要物质的充盈，亦需要文化的繁荣。中华文明以其独有的韧性屹立于万千岁月，也将以无尽的生机创造灿烂的明天。

生命的意义在于追寻自由

“滚滚长江东逝水，浪花淘尽英雄。是非成败转头空。青山依旧在，几度夕阳红。　　白发渔樵江渚上，惯看秋月春风。一壶浊酒喜相逢。古今多少事，都付笑谈中。”

一种自由的精神境界，一种浩大的生命情怀。生命的意义，在于追寻自由。

自由，我们且可以称为混沌蛮夷，亦可称为精神释放。试想在人类初生之时，入眼是高天广地，山川河流。孩童一般的人类在大地之上脆弱得不如一根芦草，却能尽情地放飞自己的心情。此时的人类虽然渺小，却正如一个人的童年，不知忧虑而天真烂漫。今日，庞大冗杂的人类社会，一个又一个联系之网密不透风，有时甚至一举一动都会牵一发而动全身。从小到大，所谓精英必须步步为营，机关算尽，在不断的爬升中以自由换取心安。随着时间的流逝，渐渐忘记自由为何物。

生命需要自由。自由，是洗涤灵魂、保持真心的一泓清泉。“天下熙熙，皆为利来，天下攘攘，皆为利往。”当一个人脑中总是算计着人际利害，沉溺于案牍之劳，尘世的金钱名誉红尘俗气会悄无声息地浸染一个最纯净的灵魂。古代为官之人，总爱在自然山水中找寻几分心灵慰藉，实则就是在追寻生命中的自由。陶潜弃世厌俗，躬耕陇亩，饮酒赋诗终其一生；李白寻仙五岳，天马行空浪漫一生；王维修佛法，苏轼参南华。官场失意，囿于苦闷必寻自由；官场得意，逃避名利亦需自由。《老子》告诫人们保赤子之心，如孩童般纯净，在自由中洗涤无瑕的心灵。

当下，人们虽身处盛世，却比任何时候更需要追寻自由。这份自由，不是远古时蛮荒兽性的本性释放，而是内化于人精神世界的一份本心坚守。卢梭言：“人生而自由，却无往不在枷锁之中。”人们无法改变世界既定的法则，却能在法则的束缚下追寻自由之光。它可以是放学回家后，在繁忙的学业里抽空在书海中构筑精神家园，满足自己沉淀心灵的欲望；可以是亲手做上一顿丰盛的晚饭，在平日虚无缥缈的梦幻世界中填补最为亲切的真实。今时异于古时，今人异于古人，时代在变化，但人们对于自由的需求不减反增，当今的生命更需要追寻自由。没有自由，责任与理想便无从谈起。

追寻自由，洗涤灵魂，释放自我，保持真心。当我们尽情地在生活的疆场上拼搏，切不可忘记，生命的意义在于追寻自由。

人生当有为

面对尚未有人涉足的事，有人选择不做，保守观望；有人选择做，砥砺前行。做的人，纵使无所成效，亦义无反顾，但却在燃烧中实现了生命的价值。

人生，应当放手去做。

做与不做的选择，看似只是一人遇事之时，选择前进或是观望，实则，这两种不同的做法是两种人生态度的选择。面对困难，强者会愈战愈勇，磨炼己身。《易经》言：“天行健，君子以自强不息。”就是在未知面前，用自己的生命能量与困难交锋，锤炼身心，在机遇与挑战的并存中超凡脱俗。

坚定道路，将自己的目标与外界嘈杂的声响隔离，是放手去做的先决条件。面对一片无人敢遨游其中的汪洋大海，却想成为第一个纵身而下的人，注定会遇到质疑与嘲笑。普朗克年轻时，他的高中老师告诉他，物理学已经足够发达，不需要人来完善。但他以长远的目光，无视了当下来自外界的质疑，选择了物理学专业，成为量子力学的重要创始人之一。在尚未发生之前，一切皆有无尽的可能。人无法预料吉凶祸福，更不知前程坎坷，何不当一个放手去做的人？

有人会认为做是一种愚笨。这些不做的人以所谓老到的处世经验阻挡他人的前行，想将更多迸发着蓬勃生命力的人转变成与他们一样麻木的人。这种与“做”相对的人生态度，使理智压抑感情，消极压制热情，让人以为后来者总能够分先行者一杯羹，使人永远不会勇敢地走出心里舒适区，做一次开天辟地的尝试。但有些事，你不做，有的是人做。“真的猛士，敢于直面惨淡的人生，敢于正视淋漓的鲜血。”一味退缩的人未必都一无所成，但机会从古至今都只属于放手去做的人。

尼采曾言：“每一个不曾起舞的日子，都是对生命的辜负。”人生极短，正如白驹过隙，忽然而已。曾经因恐惧而未能攀登的山峰，如今插满了征服者的旗帜；曾经因他人劝阻而改变的幼稚梦想，如今成为了他人专属的耀眼光环。可人生，已经没有重新去做的机会。

放手去做，砥砺前行，生命苦短，人生当有为。

成人成才，方谓人才

人才，是家庭之梦想、民族之脊梁、国家之希望。我们常言“人民群众是历史的创造者”，但不可否认的是，各行各业中，人才往往起到至关重要的作用。我们渴求人才，渴望出类拔萃者，需要精英引领社会的发展。

社会需要人才。但无论是历史，或是现实中的教训，都让我们不得不思考什么是真正的人才。我认为，成才，需成人。成人成才，方谓人才。

何谓人才？不同的历史阶段，人才的标准不尽相同。怎么在芸芸众生中鉴别出谁具有经天纬地之才呢？先秦时期，人与人的差别被无限放大，一个人的德与才在血缘关系面前不堪一击。不久之后，时间的浪涛终于从砂砾中淘洗出真正的金子，人的德行、才干与议政能力成为了选拔人才的标准。这一时期，才干是成为人才的重要条件，但德行同样是决定性因素。隋唐之后。科举制度的出现，让选拔人才的标准最终步步定型。十年寒窗，无数士子在考卷上断杀，龙殿金榜，人人皆欲折桂步蟾宫。统一的标准下，“才”的好坏得到了相对公平正义的考核，但“德”的高下似乎正一步步淡出人们的视线。此若人之双臂，一臂不全，如何能称为人才?

“做人”与“成才”，孰先孰后，看“人才”二字便知。古语云：“十年树木，百年树人。”成才不易，成人更难。

“人才自古要养成，放使干霄战风雨。”诚然，成才之路须上下求索，欲越书山唯有以勤为径，欲渡学海只得借苦为舟。刻苦学习，锲而不舍是成才的一个必要条件，但它并不是成功之保障。物理学家卢瑟福发现自己的学生无比用功，别人休息时也在做实验，几番交谈之后，他问，用什么时间来思考，便令那个学生哑口无言。成才须刻苦，须思考，亦需创新意识。

比成才更重要的，是成人。愚蠢的庸人破坏世界并不可怕，但一个精明的庸人却可能带来毁天灭地的后果，这也是我们为什么常常震惊于“高智商犯罪”的原因。北大学生弑母案让世人震惊。作为北大学生，该人的才能可以说毋庸置疑，但此人是不是一个完整意义上的人，却是不得不怀疑的问题。古语有云：“有余力，则学文。”人生在世，做人的重要性永远高于才能的重要性，真正的人才，应当是高尚之人，行高尚之事。

成才不易，成人更难。两者相和，方谓人才。

诚信乃立人之本

孔子曾言：民无信不立。诚信，作为中华儿女源源流长的传统美德，在中华上下五千年的历程中始终闪耀着无法磨灭的光芒。作为个人修养，作为人与人相联系的基本原则，诚信，始终塑造着我们每一个人的人生。

故曰：做人必须讲诚信，诚信乃是立人之本。

何以立人？唯有诚信。何谓诚信？看不见也摸不着。它不是明察秋毫的獬豸，无法用锐利的犄角将你刺倒在地；也不是阿努比斯的天平，无法用一根羽毛决定你的生灭。内化于心，外化于形，诚信不是监督着我们的俗世之器，而是在我们内心深深扎根的高尚之道。当我们向自己的内心发出声声叩问，当我们与他人签订神圣的契约，诚信，就是让我们强大的力量。

回望历史，无数先贤曾对诚信发出一声声真挚的喟叹。诚信之于己，是一种敢于向自己撕破脸的勇气，是一把理智的灵魂解剖刀。《大学》讲“古之欲明明德于天下者，先治其国；欲治其国者，先齐其家；欲齐其家者，先修其身；欲修其身者，先正其心；欲正其心者，先诚其意”，修身的第一步，就是坦然面对自己的内心，将自己内心所有的污浊置于烈日之下，从而得到心灵的净化。一个人的内心，除了他自己，还有谁看得到呢？所谓“君子慎其独”，心灵的剖析是一个自我反思的过程，若无诚信，面对自己尚且不坦率，何来光明磊落的人生。

诚信之于己，自然是不可或缺。但诚信更是人际交往必不可少的基本素养。诚信如同条条大道、座座桥梁，沟通了一个个迥然不同的心灵。这种沟通，让每个人更好地实现自己的价值，“人而无信，不知其可”。缺乏诚信，也就缺乏做人之根基，自然没有人会愿意同他打交道。于人如此，于国亦然。战国时期，秦国变法之际，商鞅曾在城门立柱，将之从城南搬到城北者将获得十金的奖励。无人参与时，商鞅将奖励加至五十金，立马有人行动并获得了奖励。这样一种诚信精神，使百姓心服口服，并且为变法起了极大的推动作用，秦国最终“履至尊而制六合”，怎能说与这种诚信精神没有关系呢？墨子所谓“诚信者，天下之结也”，就是这个道理。

因此，我们必须明白诚信的重要性，并把它作为心中永不熄灭的道德圣火，照耀着我们生活的方方面面。没有诚信，就失去了做人的价值，人也无谓“万物的灵长”；人与人之间缺乏诚信，就失去了“社群动物”的品质，失去了人的基本能力，我们再也无法实现心灵的沟通。诚信乃是立人之本，我们每一个人，都必须将诚信铭刻在心。

人无诚信，何以为人？

宽容待己，宽容待人

有一句古话叫“严于律己，宽以待人”，讲的是对待自己，我们应有苛刻的标准，而对待他人，则须具备宽阔的胸怀。此话固然不错，但对待自己，需严苛，更需宽容。

如今，我们需要宽容待己，宽容待人。

同为“宽容”，宽容待己与宽容待人，是两种迥然不同的含义。宽容待人，容忍他人所不能容，在别人失意时，不予中伤；在别人得意时，敢于赞扬；在别人愤怒时，保持平和；在别人出错时，乐于包容。不把自己的意愿强加于他人，不以自己的要求束缚于他人。宽容待己，拿得起，更需要放得下。坦然面对自己，不忘初心，方得始终。世界上从来不缺少完美主义者，也不缺少冲锋陷阵者，却罕有不论成败、保持本心的宽容者。

宽容待人，是自我与他人心灵的畅行之道。人际关系之中，人们往往乐于接受他人的善意，人的趋利避害性让常常为他人着想的人显得格外可亲。宽容是最基本的付出，是人心间最朴实、最可期的桥梁，是一个人，无论高低贵贱，都可使他人获益，也使自己获益的处世良方。清朝时，在朝廷任礼部侍郎的张英，收到了一封来自老家的千里家书，家人因邻居家要占家门巷子而起了争执。张英回信，主动让出三尺巷道，邻家备受感动，也让出三尺，此巷遂有了六尺巷的美名。宽容不难，非“礼部侍郎”所独有。宽容待人，以善遇人，则人心可通行。

宽容待己，是让心灵拨云散雾的清醒之法。人从清澈的孩童成长为成熟的世人，有淡薄功名者，有开疆拓土者。得意之时能波澜不惊，失意之时能淡然处之，看似简单，其实非宽容待己者可为之。为了既定的目标，拼尽全力，往往咬牙切齿，执念深重，只见小节而忽视全局，只顾全局而不见小节。自强不息固然不错，但拼搏之时仍需给自己的心灵留一片空地，一片无染的净土，几分闲暇时的思绪。宽容待己，是忙碌中的从容，是混乱中抽出的几缕清醒的思维。

与人交往，需宽容，修炼自我，需宽容。人生应当“严于律己，宽以待人”，同样需要宽容待己，宽容待人。

人生路上且问且行

人生路上，是应该如但丁般排除万难，坚定本心，走好自己的路，还是应该如谚语所说，问询他人，虚心求教？看似完全无关的两个观点，却引发了我深深的思考。

我认为，我们既应坚定道路，也当虚心求教，在人生路上且问且行。

坚定的道路，是人生路上力量的源泉。没有精神动力的人，终将一事无成。不坚定道路的人，终将无法成功。它是漆黑人生路上一盏明亮的灯，为我们提供无穷的动力。只有明知自己心之所向的人，才能在众生之中脱颖而出。普朗克年轻时，物理学界进步极为缓慢。他的老师告诉他：“物理学已经足够发达，不需要人来完善。”但他执着地在大学选择了物理系，勤奋学习，提出量子概念，成为近代物理奠基人之一。若其随波逐流，应他人之言而放弃了心中之路，他将成为众生中的一个常人。没有心中所坚定的道路，只能泯然成为寻常的乌合之众。

虚心的求教，是人生路上智慧的法宝。常言“三人行，必有我师”，常言“三个臭皮匠顶个诸葛亮”。一个人的智慧是有限的，但群体的智慧是无穷的。虚心求教，让我们的思维不再局限于一隅，让眼界不停留于井底，让智慧更加深邃。白居易写诗，诗成总要念给牧童和妇人听，再反复修改，直到他们拍手叫好，才算定稿。正因如此，他才被唐宣宗赞为“童子解吟长恨曲，胡儿能唱琵琶篇”。白居易向劳动人民虚心求教，不断完善己身，终成千古诗人。可见，真正的智慧不应该是一个人的单打独斗，而是向他人请教总结，进而升华己身。

人生路上，我们应该怎样平衡自己与他人的关系？是完全以自我为中心，还是成为随波逐流的乌合之众？这是一个必须仔细思索的问题。坚定道路，虚心求教，我们必须且问且行。

轻一己之小我，重天下之担当

面对扫地的环卫工，有人教训孩子好好学习，避免以后像他一样；有人鼓励自己的孩子，为他人着想，使这个世界更美好。看似只是两种不同的教育方式，却折射出了对小我与大我的不同思考。

提升自己，完善己身，究竟是为了使自己凌驾于他人之上，还是用自己的能力照亮整个世界？我认为，我们必须轻一己之小我，重天下之担当。

轻小我而重大我，作为一种人生智慧，始终贯穿在人们的生活中。一方面，大我由每一个小我组成，个人价值的实现，是整个社会群体共同利益实现的基础。放眼中国古代，“万般皆下品，惟有读书高”，书生十年寒窗，砥砺自我，修炼己身，虽然不得不奋力挤过科举的独木桥，但大多仍是为了实现“修齐治平”的报国理想。另一方面，个人价值的实现，首先要以集体价值的实现为前提。它不仅在人们的日常生活中有所体现，也深深根植于传统思想之中。范仲淹“先天下之忧而忧，后天下之乐而乐”的祟高境界，很大程度上便来源于“以天下为家”的哲言中。不见小我，固不可取，但若只见小我，不知大我，则是本乱而治——未之有也。

重小我，轻大我，认为“人生一世，吃穿二字”，实在是一种无比狭隘的思想。大我的实现，并不以牺牲小我为基础。重天下之担当，需要优秀而出众的人，亦需要平凡而朴实的人。家国情怀，天下担当，意味着以天下为己任，与此同时实现个人的价值。

北大中文系的毕业致辞中写道：“你所站立的地方，就是你的中国。你怎么样，中国就怎么样。你有光明，中国就不会黑暗。”勇担时代责任，担待天下担当，需要我们每一个人把小我融入大我，在集体利益中实现自己的价值，用个人价值的实现助推集体利益的实现。漫画中父母让孩子好好学习，不要成为环卫工人的做法并无大错，须知集体由个人组成，他们所欠缺的，是看到在自己之外的他人，理解个人之上的集体，成为小我之上的大我。

青年兴则国家兴，青年强则国家强。当前，建设中国特色社会主义，离不开我们每一个人的奋斗，离不开个人奋斗所形成的集体合力。让我们用自己的力量，创造一个更美好的世界，轻一己之小我，重天下之担当！

人生之道，有舍方有得

世上安得双全法，“舍”与“得”便是这种种矛盾中的一支。对立随时随地都发生在生活之中，一直是我们无法回避的对象，给我们造成隐患，抑或是带来惊喜。“舍”是失去，但“舍”未必不如“得”。

故曰：人生之道，学会舍弃，有舍方有得。

舍与得是一种等价交换。不同程度的舍弃背后，必然伴随着不同程度的得到。人生活在三维空间，处处受着时间的制约。悄无声息，不知踪迹，它每时每刻都在流逝，但我们却与时间做了各种交换。也许是一口新鲜空气，让我们的生命得以延续；也许是一次哲学思考，让我们的智慧得以充盈；也许是一次飞来横祸，让我们直面生命的脆弱……

“舍”的结果虽然千变万化，但“得”的规律并非不可探寻。舍与得的等价交换，舍不同，则得不同。

舍是一种趋利避害，是人在弊大于利的情况下做出的自然选择。生物的本能都有趋利避害性，作为万物之灵长的人类，自然也会选择对自己有利的，舍弃对自己有害的。被舍弃的东西，未必分文不值，未必没有留恋，但为了更长远的未来，必须学会舍弃。蜥蜴在生命处于危机的时刻，会自断其尾，保全性命，以便东山再起。观之人类，美国登山者阿伦·罗斯顿登山时突发意外，右手被压在岩石之下。五天后，他用一把小刀割断自己的手臂，幸运获救。自断手臂，与重拾生命，他选择了这一痛苦的舍弃。此为不得已而为之，无此舍，则无以论得。

舍是一种狠辣的人生智慧，是人在利大于弊的情况下做出的选择。韩信舍弃一时尊严，他的胯下之辱往往被人津津乐道。但人们往往善于评判他人，在亲身经历时并不是所有人都能使出“示弱”这一看似懦弱的狠辣招式。懂“舍”的人，舍弃虚名，舍弃浮夸，更舍弃了外露的锋芒。《道德经》讲“挫其锐，解其纷，和其光，同其尘”，把“上善若水”视作人生的最高境界，实则就是一种舍弃。这一种至柔，恰恰是天下之至坚，因为无形无态，故无孔不入，因为无形无态，故不可摧折。这种舍弃，以退为进，以守为攻，以天下之至柔，驰骋天下之至坚，这就是舍弃背后的狠辣智慧。

舍弃有害的容易，舍弃有益的难。无意之中的舍弃容易，有意之中的舍弃难。舍是失去，更是一种得到。人生之道，有舍才有得。

让敬业精神长存心中

在社会主义核心价值观中，敬业是排在爱国之后的头等大事。如同一个国家的人民，必须要有坚定的爱国精神，从事各行各业工作的人，也必须要有坚定的敬业精神，它对我们的生活无比重要。

在我看来，我们必须敬业。

何谓敬业？字典上的解释，给了它十分科学的定义。敬业二字，看似只是庙堂之上一个冰冷的教条，是我们必须奉为圭臬的准则。实则，敬业精神无处不在，它于我们并不陌生，它离我们并不遥远。敬业对我们而言，并不是一纸空文，也不是挂在嘴边的一句口号，而是我们每一个人都力所能及的，我们每一个人皆可实践的。

敬业，是我们在工作时排除杂念，心无旁骛的最好方法。人不是一架只知工作的机器，大多数人在工作面前仍然保留着许多个人的纷杂情绪，它们或是积极的，或是消极的，并且都能对我们从事的工作产生不同类型的影响。面对如此复杂的情感体验，我们该何去何从呢？这时，敬业精神就是为我们引路的那盏明灯。敬业，爱业，在面对眼前的工作时，看到的并不是成堆的事务，而是个人的乐趣所在，而是个人价值的实现方法。庄子中讲佝偻丈人承蜩的故事，“用志不分，乃凝于神”。说的就是一个人把自己的精神凝结在一个点上，以达到专心致志的效果。我们普通人可能难以达到那种“形同槁木，心如死灰”的境界，但我们能通过坚定的敬业精神，保持我们对手头工作的积极性与热情。

敬业，是我们在面对困难时百折不挠、越挫越勇的精神动力。人生不是一帆风顺的道理，没有人不明白。可就是这么一种浅显的人人皆知的道理，竟然引得无数人折腰在生活的路途上。面对工作，一些人稍遇困难，就敲起了退堂鼓，甚至不思进取，原地踏步，这些都是缺少敬业精神的表现。发明大王爱迪生说：“一个没有受到献身热情所鼓舞的人，永远不会做出什么伟大的事情来。”他凭借着自己对发明创造的献身热情，克服了一千三百多次失败，终于找到了电灯泡的最佳灯芯，点亮了整个世界。倘若爱迪生没有崇高的敬业精神，一千三百多次挫折会将他击倒。他能帮助人类用光明驱散黑暗吗？

着眼于我们自己，敬业精神不是一片遥不可及的空中楼阁。不同的人，需要具备不同的敬业精神。今天，我们学生的所谓敬业，就是永远保留着对知识的渴望，永远保留着对知识的崇敬，尊敬每一个传道授业者，竭尽全力努力学习。敬业的表现是不同的，但敬业的内涵却是相通的。

做人，必须敬业。让敬业精神引领我们成功，让敬业精神长存心中！

让创新引领发展

近来，中美贸易战急速升温，愈演愈烈。美国不仅禁止了芯片贸易，甚至连操作系统都要中国“自力更生”。中国与美国科技力量的对比，让广大中国人不得不深思，如何在风云激荡的国际竞争中，百尺竿头更进一步。

细究此事，我认为，文明进步离不开创新，必须让创新引领发展。

何谓创新？创新，就是“自主创新”，不是走前人没走过的路，而是开辟出前人没走到的新天地。中国今日创新能力不足，是摆在我们眼前的事实。中国人并非没有创新能力。封建时代，一次次生产力的进步，皆是先人智慧与汗水的结晶。从远古的刀耕火种，到春秋战国的铁犁牛耕，再到后来的曲辕犁、筒车……一次次创新，一次次发展，使华夏民族站在了世界之巅。创新是引领发展的第一动力，民族复兴，须以创新为基。

自主创新，推动科学技术的进步。科学技术的进步，又能极大地促进国家的繁荣。近代的西方势力之所以睥睨世界群雄，两次工业革命是不可或缺的“顺风车”。英国因为第一次工业革命，率先建立世界殖民体系；美国错过了第一次工业革命，也借助第二次工业革命在世界抢占领先地位。技术革新、生产关系进步……创新促进科学进步，科学促进社会发展，社会需要科学，良性循环下，国家强大便指日可待。二十世纪末，美国大力发展新经济，所谓新经济，便是以科技创新为发展契机，带动经济发展。同一时期，邓小平也提出：“科学技术是第一生产力。”时至今日，如何通过自主创新发展科技，用科技发展推动国家繁荣，是一个必须思考的问题。

自主创新，推动思想文化的繁荣。五千多年来，无数先贤为我们留下了取之不尽的文化宝藏，但它们并非用之不竭。传统文化固然是中华民族血脉中的传承，但其中更需要明加分辨，取其精华，去其糟粕。古代儒家重伦理纲常，加上早期选官制度是极具主观随意性的察举制，品德是主要考核内容。今天大力倡导的孝文化，在当时难免有作秀的成分，另有极端者，从《二十四孝图》中便可见一斑。民族富强，需要高度发达的物质文明，也离不开繁荣的精神文明。

让传统文化与今日社会相适应，让中华文化焕发出新的生机，必须推动其创造性转化、创新性发展。

以科技创新推动科学技术的进步，用文化创新促进思想文化的繁荣。民族复兴要扎根昨日，更要看向明天，让创新引领发展。

民主是和谐之本

每个人生活在这个广阔的世界上，都有实现自己价值的愿望。人们的心总是无限大的，但人类社会却不是无限大的。总有人喜欢在群体中多占据一份，因此总有人失去了他应得的一份。怎样在人与人之间找到一个权利的平衡点，怎样实现社会和谐，就成了我们必须思考的一个问题。民主思想，便应运而生了。

所谓民主，是一个不断完善的概念。民主的根源在西方，西方民主的根源在希腊，希腊民主的根源在雅典。得天独厚的地理条件，与小国寡民的城邦，孕育出了希腊的民主政治。爱琴河畔，每一个希腊公民都能感受到自己在宇宙中的地位，海洋孕育出了希腊公民追求人人平等的精神。在社会生产与商业贸易中，该怎样协调每个希腊人的意愿，保障每个人利益的最大化呢？他们不愿受贵族的支配，渴望听命于自己，“民主”便诞生了。在一个集体中，少数服从多数，没有独裁专权，人人各抒己见，成为了历史的选择。这套世界上最早的民主政治体制，成为了西方世界的政治楷模。近代一个个西方国家的成立，无不根源于这种民主观念，直到今天，它仍然是全人类极其重要的精神财富。

民主，是历史潮流的滔滔大势。人与人的和谐，需要民主，人与社会的和谐，亦需要民主。

人之于世，各有所需。人可以追求柴米油盐酱醋茶的朴素生活，也可以追求琴棋书画诗酒花的高雅生活；人可以守护一个温馨的小家，亦可以为了自身崇高的理想而投身于伟大的事业。静与动，闲适与拼搏，似乎永远不会有交集，但二者往往会构成矛盾的双方。世界自然而然地发展，必然会产生利益冲突。古语有言：“天下熙熙，皆为利来；天下攘攘，皆为利往。”无论为小家，或是为大家，人们都渴望个人利益的最大保障。在追求自己权利的同时，必然有人受到损伤。最早人们用拳头说话，拳头硬的人分得了最多的资源，却也成为了野蛮的象征；进而人们靠血统吃饭，一些人似乎天生就比另外的人珍贵。最终，人们明白了资源的有限，明白了个人所能获得的权利的有限，懂得服从大多数人的意愿，因为人向来无法离开社会而独自生活。

今天，我们仍然应当遵从民主的法则。凡有集体存在的地方，便应当有民主的存在。大至国家，西方有议会、议院，中国有全国人民代表大会；小至生活，团体的决策须经投票，平日里和朋友出门游玩也要满足大多数人的心愿。遵循民主，自然而然也有了和谐。

民主是和谐之本。遵从民主，守卫和谐。

打破旧束缚，开拓新境界

当大多数渴望喝水的乌鸦仍然在夜以继日地向瓶里塞石子，一两只机智的乌鸦却早已在一旁叼着吸管自得其乐。同伴惊讶于它的新方法，还是难以体会其中的奥秘。

不按套路出牌，有时会起到事半功倍的效果。敢于突破旧的常规，才能开辟新的境界。

乌鸦喝水的故事路人皆知，个中道理几乎人人明了，但有一天所有的乌鸦都开始用上了吸管，我们便不得不思考开拓创新的作用。面对一条前人已走过千万遍的康庄大道，脚下数不尽的足迹都向你告知着它通向成功。你是愿意与先前的成功者一同踏入此道，还是愿意在无人问津处另辟蹊径？每一个开拓创新的人都将面临这样的抉择。他知道前方迷雾重重，可还是愿意延续心中的火种来照亮未知。

遵循旧的套路，依赖前人的经验，未必不如开拓新的天地。一边是趋近于零的风险，与必然获得的收益；另一边是不可估量的风险，与同样难以预测的回报。进退两难，却仍然有人愿意选择后者。而正是有了无数的开拓者，旧的束缚才一次次被打破，人类文明才有一次次新的发展。

纵观人类历史，创新推动着人类进步。我们的先祖原本一味向大自然索取，但当他们驯化了五谷，就有了文明的诞生。此后，铁犁牛耕的出现，刀耕火种的退出，曲辕犁、筒车等生产工具的创新都极大地推动了生产力的进步。二十世纪末以来，世界科技竞争的浪潮被一次一次推向高峰，中美对所谓第四次工业革命的钥匙——5G的争夺，足以见得新方法、新工具乃至新境界的关键。创新是发展的第一动力，只有不断创新，才能推动社会进步。

鲁迅赞扬第一个吃螃蟹的人，同时也为第一个吃蜘蛛的人感到遗憾。事物都有两面性，但因噎废食，见其风险不见利益，难免是一种本末倒置的做法。挑战与机遇并存，是创新的伴生物，但只有抛弃不合理的，吸收可借鉴的，打破旧束缚，开拓新境界，人类文明的繁荣才能一次次浮出历史的水面。

汤之盘铭曰："苟日新，日日新，又日新。"破旧立新，寻发展之规律，守天地之正道，方能文明进步，社会繁荣。

立足时代，开拓前行

眼观时代潮流，我们是应如加缪所说，把一切奉献给现在；还是应听从爱因斯坦，超脱时代和社会；抑或如习近平总书记所言，汲取时代智慧，进而砥砺前行？

我认为，我们必须立足时代，开拓前行，才能获得最大的成功。

扎根时代与超脱时代，是同一问题的两个方面，二者紧密联系，不可分割。人的知识、智慧与思想发源于何处？人的高瞻远瞩最终又将归于何处？不存在脱离实际的认识，自古以来，凡有识之辈，都求问于社会现实。孔子眼见社会动荡，便想重构伦理道德；毛泽东根据中国国情，提出工农武装割据理论。认识又推动我们开拓前行。眼观东西两方，亚当·斯密的《国富论》成为资本主义世界延续几百年的精神源泉；儒家的演进与嬗变，又为中华贯穿千余年的封建王朝提供保障。忽视时代，前行如无源之水，不知根基；畏惧前行，只能挣扎于历史洪流中。

扎根时代，给人敏锐的眼光与高远的眼界。人是社会的动物，人的所有行为离不开社会的支撑。一个时代蕴含着特定的、具体的实情，衍生出的是时代的智慧。但凡与时代潮流背道而驰的，最终被遗弃在历史的角落；精准把握时代的脉搏，才使人具有不竭的智慧。二十世纪末，信息技术的科研成果不断涌现，新兴科技硕果累累。美国总统克林顿根据这一良机，果断采取多种措施扶持知识型经济，创造了经济发展史上前所未有的高峰。时代规律有迹可循，顺应规律，切中肯綮，把握时代，才能具有时代智慧。

超脱时代，使人屹立于浪潮之巅。时代的规律是历史的旨意，主观不可逆转，但人们能在既有基础上不断超越，开辟新知。二十世纪初普朗克的高中老师告诉他，物理学已经足够完善，新人参与意义不大。老师的话固然看到了事实的局限，但普朗克毅然选择在大学攻读物理专业，最终为量子力学的奠基人。他凭借超脱时代的眼光，使科学发展更上层楼，不为他人眼光与社会风尚所动，行走于时代前沿，坚定自己正确的道路。

今日，时代瞬息万变，客观束缚似乎甚于先前。立足时代，开拓前行的人，往往能把握成功的机会，广纳时代智慧，超越时代前行。